STORIA DI PIPINO NATO VECCHIO E MORTO BAMBINO

GIULIO GIANELLI

© 2023 Culturea Editions

Texte et illustration de couverture : © domaine public
Edition : Culturea (Hérault, 34)
Contact : infos@culturea.fr
Retrouvez notre catalogue sur http://culturea.fr
Imprimé en Allemagne par Books on Demand
Design typographique : Derek Murphy
Layout : Reedsy (https://reedsy.com/)

Dépôt légal : janvier 2023
Tous droits réservés pour tous pays

ISBN : 9791041844609

A Ughè e Mariù due cuori nel mio cuore

Sul tavolo c'erano due cose importantissime: una pipa e un piccolo bozzetto in creta, che raffigurava un vecchio. La notte era alta, forse scoccavano le tre del mattino quando la pipa notò la presenza del vecchietto immobile presso di lei appoggiato alla sua testa.

Regnava nell'ampia stanza un silenzio profondo, come pure sul tavolino ingombro di matite, penne, temperini, libri e fogli di carta. Due farfalle che avevano roteato per alcune ore intorno al lume ora dormivano, l'una dentro la vocale O sul frontispizio di un libro italiano e stava bene, l'altra sopra due sillabe di lingua greca e si trovava male.

Quella pipa era una pipa di buon cuore; come tutte le donne, un po' sentimentale. Il suo padrone aveva da poco smesso di fumare ed essa calda tuttora, pensando ai bei ghirigori di fumo usciti dalla sua bella testa durante il giorno, con la coscienza tranquilla del compiuto dovere, aspettava di prender sonno. Ma l'idea del vecchietto la distoglieva.

— Se lo riscaldassi? Se provassi a dargli la vita col mio calore? A cambiarlo da creta in carne umana? Ci voleva un prodigio né più né meno. Ma chi desidera giovare al prossimo, può tutto: anche dal nulla deriva meraviglie.

La buona pipa trattenne il respiro, fece una mossa leggerissima per collocare la sua testa dove ardevano le ultime briciole di tabacco, vicino al cuore del vecchierello. Passò un'ora. Ed ecco cominciava a sciogliersi il torpore delle piccole membra. Prima di tutto il vecchio mosse un piede: un solletico forte, pungente, continuo, non gli permetteva più di tenerlo fermo. Il medesimo solletico dal piede destro si trasportò al sinistro con esito eguale.

Una mano che pendeva sull'orlo all'imboccatura della pipa, sentì scottarsi e si levò in alto; l'altra mano, venuta in soccorso della sorella per carezzarla sulla scottatura, si sentì viva, senza saperlo, solo per istinto d'amore.

Allora libero nei suoi movimenti, il vecchietto si stiracchiò, poi si stropicciò gli occhi, i quali si aprirono: due occhi un po' dolorosi ma belli e lucenti come due stelle.

Gli mancava la parola. Ma proprio in quell'istante il calore attraverso le vene giunse al suo cuore ed egli parlò:

— Io sono nato! Eccomi qui.

Pieno di meraviglia si passò la mano sulla barba bianca.

— Dove sono? Chi sono?

Una voce rispose: — Ti dirò tutto se prometti di ubbidirmi.

— Prometto di ubbidire, parola d'onore, ma chi mi parla?

— Io.

Egli guardò intorno:

— Come, una pipa?

— Sicuro, io pipa ti parlo. Tu eri poco fa un semplice impasto di creta: io ti svegliai alla vita col mio calore. Credevo di farti piacere.

— Infatti, ne sono contento. Grazie, grazie; ti amerò come una mamma.

— Mi commuovi nel più profondo della mia cannetta: tu senti la gratitudine. E io ti seguirò dovunque. Lasciami piangere di consolazione almeno per un minuto e mezzo.

— Fa pure, mamma pipa.

Si chinò intanto e la baciò. Poi domandò:

— Chi sono io?

— Tu sei un uomo piccolo piccolo, un grazioso nano pieno di buon senso.

— E qual è il mio nome?

— Il tuo nome è Pipino.

— Mi piace ed è giusto che io mi chiami così: sì, Pipino. E dove mi trovo?

— Nella casa di un uomo civile.

— Cioè?

— In casa di un uomo che, avendo molto studiato, non sa più nulla e passa la vita a far delle cose inutili. Sarà bene andarsene lontano. Vivrai da povero, ma quasi felice.

— Io seguirò i tuoi consigli.

— Va bene. Senti Pipino. Ti pare di essere giovane?

— No, mamma pipa, no. Anzi. Porto la barba bianca ed ho le membra piuttosto debolucce.

— Vedi quello specchio? Guardati.

Pipino, fatti alcuni passi, trovò, al di là di un vocabolario, un piccolo specchio, e si rimirò.

— Ahimè! quante rughe sul mio viso e intorno agli occhi! In bocca non ho che ventidue denti, e due che direi se l'intendano per cadere al più presto. Dimmi, pipa, quanti anni posso avere, su per giù?

— Sessantacinque.

— Poco mi resta da vivere, dunque.

La pipa, presa da una gioia subitanea, si rizzò sulla cannetta e, avanzatasi verso Pipino, rispose solennemente:

— Qui ti volevo. Tu erri. Tu erri. Tu erri. Tu vivrai appunto sessantacinque anni né un giorno di più né un giorno di meno. Tu godi un privilegio che non gode nessun altro uomo, perché conosci esattamente la durata della tua vita.

— Davvero!

— Sì, Pipino mio bello. Camperai sessantacinque anni, vale a dire ventitremilasettecentoventicinque giorni. Diventerai un uomo come gli altri e poi un giovanetto, poi fanciullo, poi bimbo; alla fine ti daremo a balia e dentro una culla si chiuderà la tua esistenza.

— Tutto a rovescio, dunque.

— Sì, ma non tanto come parrebbe. Tu hai del cuore e del senno, tu non farai del male nel mondo, perché non lo sapresti fare; perciò la tua vita non è a rovescio, ma, come vuole la virtù, è più diritta che mai. Sono gli altri uomini che vivono a rovescio, perché essi, pur nascendo piccolini, con tutto il tempo per educarsi e vivere bene, per lo più rinnegano la virtù e compiono terribili delitti ogni giorno.

— Ma guarda un po'!... Del resto, sono ben felice d'essere un'anima buona.

Pipino passeggiava a brevi passi sul tavolino con la mano destra dentro la barba ondeggiante. Il tavolino era sparso di mille svariatissimi oggetti: fra gli altri luccicavano con la lama aperta due temperini. Egli li saltava per non cadere. Ma, stando soprapensiero, poco mancò non si ferisse.

— Pipa — disse dopo un lungo silenzio — sento dentro la testa un non so che: qualcosa si muove, va e viene: che sarà?

— Sono i pensieri.

— Va bene: me ne rallegro, e farò in modo di servirmene a dovere.

Regnava alto il silenzio nella stanza. Erano le quattro del mattino.

Il buio non era più così buio, ma la luce non dava ancora segni di voler comparire. Solo il calamaio d'argento splendeva, per sua natura, anche nell'ombra. Pipino lo vide, lo chiuse e vi si adagiò seduto come su di una poltroncina. I pensieri sempre più vivi nel suo cervello gli chiedevano un certo raccoglimento per farsi sentire a uno a uno. Ed egli li seguiva con molta meraviglia. Pensava al suo destino, a ciò che farebbe nell'avvenire. Non poteva comprendere come il suo corpo col tempo si cambierebbe nel corpo di un bambino, di un pupo lattante; e l'idea di finire a balia i suoi giorni, di quando in quando lo rendeva triste, ma talora gli pareva buffa.

Gli parve pure di ricordare molte cose senza poter dire a se stesso dove mai e in qual tempo le avesse vedute.

— Sarà quel che sarà — mormorò piano tra sé, e le quattro parole a una a una entrarono e si perdettero dentro la barba bianca.

Di fuori veniva un po' di rumore, indistinto però: non erano voci umane e neppure era la pioggia. Nella stanza faceva freddo.

Pipino si levò da sedere. La pipa lo sentì. Gli domandò:

— Che vuoi?

— Nulla. Mi prende la melanconia e non so perché.

— Fa cuore. Presto sarà ora di uscire.

— Dove andrò?

— Pel mondo.

— Nessuno mi conosce.

— Poco male, poco male. E poi, se non ti conoscono gli uomini, ben ti conosceranno le piante e i fiori.

— Possibile, mamma pipa?

— Certo. Le piante sono ottime creature. Vedi, io stessa, che sono in fondo se non una pianta? un pezzo di albero?

In quell'istante, Pipino volse gli occhi verso la finestra ed uscì in un grido di meraviglia.

— Che cosa vedi?

Pipino non ebbe voce per rispondere. Vedeva il firmamento: la luna portava un colletto luminoso, e piano piano s'allontanava: poi stelle, stelle, stelle.

— Com'è bello! Com'è bello il cielo!

— Il cielo è bello, perché l'ha fatto il Signore Iddio — gli mormorò la fida voce. — Egli ha creato dal nulla tutte le cose, il sole, le stelle, le piante e i fiori, e poi ha dato agli uomini gli occhi per contemplarle. Per contemplare nelle creature il Creatore. Ma gli uomini non sanno più guardare.

— Io, sì, voglio guardare — rispose Pipino. — E, poiché incomincia la mia giornata, voglio ringraziare Iddio di questa vita che mi ha dato e di tutte le meraviglie che mi ha messo dinanzi.

— Te lo volevo dire. Meglio ancora che questo primo dovere ti sia nato spontaneamente. Orsù, apri la finestra — disse la pipa.

— Non sono capace.

— Dille che si apra.

Disse Pipino: — Finestra, apriti.

La finestra si spalancò e una musica varia, mille suoni piccoli e grandi e, nello stesso tempo, la visione delle piante invasero il nano in pieno cuore, facendolo restar muto come fosse tornato di creta. Udì la cantilena dell'acqua, vide uno zampillo, udì il fruscio delle frondi, mirò in basso i colori delle aiuole. In cielo intanto l'alba fioriva bianca bianca e una brezza mattutina, entrando, mise in guerra civile i peli della barba e i capelli al nostro caro Pipino. Ma non s'intimorì, anzi si avanzò fino sul parapetto della finestra e là sentì qualcuno che lo chiamava. Mille fiori del giardino, con piccole voci, balbettavano:

— Cendi, Pipino, non avel paula. Cendi, cappa via, fuggi il pericolo.

Le stelle in gran parte a un soffio di vento erano scomparse, chi sa dove. La luna cresceva sempre più. Sul tavolino gli oggetti si distinguevano benissimo. C'era anche molta polvere.

— Pipa, andiamo.

— Sì, è ora: prendimi, Pipino.

Tre rondini volarono garrendo sul parapetto della finestra. Erano vestite con abito di società: sparato bianco, giacca nera e coda di rondine perfetta. Vibravano di vita e di gioia: il loro corpo come elastico si muoveva rapidissimamente e cantavano.

Ecco che uno stormo di altre rondini apparì d'un tratto, empiendo l'aria di gridi. Si capisce. Spuntava il sole. Pipino lo vide per la prima volta e non trattenne le lacrime. Com'è bella cosa il vivere!

Cessò il vento. Un ramo d'edera che saliva dal giardino si offrì come scala al nuovo pellegrino. Le campane suonavano la prima messa, e Pipino piano piano scendeva. Giunto a terra, strinse al cuore la buona pipa e soggiunse: — Speriamo. — Quindi si avviò verso la sua vita errabonda.

Tutti gli alberi del giardino, le siepi, le aiuole, dormivano in pace come persone che non hanno debiti da pagare. Un'ora prima che Pipino prendesse la grande risoluzione di affrontare il pellegrinaggio attraverso il mondo, la vicina fontana monumentale alzò, dai cento zampilli, più alta la voce, cantò come un coro in segno di annunzio. Ad una ad una, allora, le piante e le pianticelle si svegliarono sorprese, sulle prime con una leggera paura.

Un rosaio domandò ad una palma che cresceva presso di lui:

— È nato?

— Sì — rispose la palma, la quale, grazie alla sua statura, aveva notato un po' di movimento in direzione della stanza ove stava Pipino.

Subito si levò un ventarello e corse rapido in lungo e in largo il parco a divulgare la notizia:

— È nato... è nato... è nato...

Bisognerebbe che fossi un fiore io stesso per dire la gioia di tutti i fiori. Oppure dovrei essere un bambino. Erano contenti, ma di tratto in tratto li agghiacciava la paura, perché una civetta nascosta chi sa dove faceva sentire la sua brutta voce di malaugurio.

Ecco: la civetta cantava e finché durava il suo grido e l'eco del suo grido, i fiori in fretta si chinavano per non ascoltare. Appena l'eco cessava, essi adagio rialzavano la testina, rizzavansi bene sullo stelo e riaprivano la corolla intiera sorridendo.

Ma, corpo d'una pipa, perché cantava quella civetta? Non c'era dubbio, cantava per Pipino. Purtroppo! Un po' di malanno ce l'abbiamo tutti nella vita e l'uccellaccio voleva ben dire che neppure Pipino sarebbe stato sempre felice. L'uomo, se fosse sempre felice, perderebbe la memoria di Dio, e le strade del dolore a Lui lo riconducono.

Il vento continuava a spargere la notizia. E dovunque, nel giardino, c'era una piantina, la carezza del vento le portava un sorso di delizia. Alcuni ciuffi di erba alta sorsero a dire: — Fra poco lo vedremo.

— Sì, lo vedremo — soggiunse con voce di bambina una margherita: — lo vedremo perché abbiamo, oggi, più occhi del solito.

Era vero. In giro non si vedeva filo d'erba, o bocciolo, o corolla che non portasse sulla sommità almeno una stilla di rugiada simile ad un occhio brillante. Chi ne aveva una, chi due, chi tre; ma, credetemi, c'era chi ne aveva anche di più.

Occhi bellissimi.

Una mammola disse a un rosaio:

— Non ne posso più dalla voglia di vedere Pipino: proprio non sto più nella pelle; ah! se potessi muovermi! Per poco non mi metto a camminare. Sento il solletico alle radici.

Il rosaio, sorridendo, con la solita superbia rispose:

— Come sei bambina, piccola mammola! Quanti anni hai?

— Io?

— Sì, tu, sciocchina.

— Anni? Che cosa sono? Io sono nata lunedì. E tu?

— Oh! io ho cinque anni e due mesi: sono bellissimo e pungo se mi seccano. Ho già viste tante cose, ma ciò che accade stanotte lo vedo per la prima volta.

Il rosaio avrebbe continuato a discorrere, ma il vento passò con un fischio a fior di terra, per essere ben udito; passò, ripassò, dicendo: — Eccolo! Eccolo!

Pipino, scansando con le mani l'erba più alta di lui, procedeva pieno di meraviglia. Ad un certo punto, si trovò una fragola tra i peli della barba: delicatamente la prese tra il pollice e l'indice, la guardò quant'era grossa, per lui, la odorò, la lodò di essere così bella e poi, memore dei consigli materni, la posò a terra e continuò la strada.

Quella fragola non era sua! Mi sono scordato di dirvi che era rossa, ma questo lo sapete.

— Ave Pipino! Pipino ave! — Con simili parole, pronunciate a fior di labbro con voci fresche, come possono uscire dai calici dei fiori, fu salutato il nano. Camminò un'ora e ventisette minuti, uscì tra l'uno e l'altro ferro del cancello e si trovò al cospetto della campagna. Sedette sopra un ramicello secco che per caso era là, senza impiego, sulla cima di un solco, e la pipa gli disse:

— Pipino, hai fame?

— Un pochetto, in verità.

— Ebbene, deponimi a terra ed io per mezzogiorno ti farò trovare un po' di pranzo.

— E come farai?

— Non ci pensare: so io.

— E sia — rispose il vecchietto: poi girò lo sguardo a destra ed a sinistra e vide lungo il solco più vicino una lunga fila di formiche. Guardò meglio; ne vide altre; erano mille, mille e mille: cioè tremila.

— Strano — pensò Pipino puntando sulla fronte l'indice della destra; — forse vogliono emigrare, lasciare l'Italia? Avrebbero torto: qui c'è nutrimento per milioni di formiche. S'inginocchiò per osservar meglio e per accertarsi se lavoravano o no. E subito crebbe il suo stupore: non lavoravano.

— Come! Le formiche poltrone? possibile? E allora il proverbio non è più giusto: voglio interrogarle. Si chinò e ne raccolse nel cavo della mano un centinaio.

— Formiche carissime e rispettabilissime, io vi avvicino al mio orecchio, ma promettetemi di non entrar dentro e di non solleticarmi.

Le formiche risposero: — Non ti faremo il solletico.

— Parola d'onore?

— Parola d'onore.

— Perché non lavorate?

Pipino levò la mano verso il proprio orecchio e udì la seguente risposta:

— Facciamo sciopero.

— Sciopero???

— Sicuro.

— E chi vi ha insegnato questo?

— Gli uomini.

— Ah! non imitate gli uomini per carità! E per quale ragione scioperate?

— È troppa fatica trasportare il cibo nelle nostre caverne.

— Poverette voi! Scusatemi tanto, ma avete torto.

— Torto?

— Sì, sìììì!

— Noi, dunque, abbiamo torto?

— Sì — ripetè Pipino.

— Allora ti entreremo nell'orecchio.

— No, da brave, non fate questo.

— Tu sei ricco? — chiese un formicone grasso e panciuto, grosso né più né meno che come un seme d'arancio.

— Io sono poverissimo.

— E perché non ti ribelli anche tu?

— Perché è inutile: bisogna accontentarsi di poco, e voi, continuando così, il prossimo inverno morrete di freddo e di fame.

— Lotteremo, noi!

— Ma in che modo lotterete, se non avete forza?

— Pugnando si morràà...

— Ah, come siete ingenue! Ascoltate me: fuggite il pericolo vicino; tornate al lavoro ed invece di imitare l'uomo, che si rende ogni giorno più infelice, siate di esempio a lui. Domani, verso sera, scoppierà un temporale e voi tutte annegherete e finirete nel fango. In alto i cuori, o formiche! Rompete le file, cercate i chicchi. Il sole dell'avvenire è questo di oggi; questo che vi riscalda amorosamente. Avete capito?

Pipino aspettava con il cuore commosso la risposta. Corsero tre minuti e quindi il formicone parlò così:

— Non dici male, vecchietto: noi in fondo in fondo siamo del tuo parere; ma vedi, sono stati gli altri capiformiche a decidere la ribellione, l'altra sera, durante l'assemblea, e noi tutte abbiamo ceduto. Tu però parli bene.

Pipino si rallegrò molto a queste parole e soggiunse:

— Se promettete di tornare al lavoro, io spargerò subito a traverso il solco una gran quantità di cibi per voi.

— Sì, sì, sì, sì, sì, sì, sì, sì, sì.

— Benissimo! Allora lavorate.

Con cura ripose in terra le cento formiche, le quali corsero tra le file a raccontare l'avvenuto. Tutte le altre formiche si fecero attorno alle ambasciatrici: si formarono dei gruppi.

Pipino, senza perdere tempo, spiccò un gran numero di spighe gonfie, le sgranò via via distribuendo il tesoro con senno, in modo che cadesse sparso secondo giustizia, e le formiche si diedero con sollecitudine a trasportare faticando, sudando, rotolando che era una delizia a vederle. Tutte lavoravano: le più forti aiutavano le più deboli, s'incontravano per via, si salutavano fraternamente, serene, libere, felici.

— Come sono contento! — esclamò Pipino — ed ho appetito.

Sfido io, dopo l'opera buona compiuta. Tornò verso la pipa, la quale lo chiamava:

— Pipino, Pipino, figlio mio, vieni a mangiare.

Oh meraviglia! Dentro la pipa c'era un uovo, cotto à la coque, o bazzotto, per dirla in italiano, che ha tutte le parole appropriate. Insomma, tra sodo e tenero, cotto col guscio. La buona mamma faceva da portaovo. Cosa non farebbero le mamme?

Suonava mezzodì. All'ombra di un ramo di gaggìa Pipino mangiò.

Pipino bevette l'ovo e fu sazio. Il guscio, come fate voi stessi, lo buttò, e subito una gallina, presentatasi, fece una riverenza, e chiese il permesso di mangiarlo.

— Fate pure — rispose Pipino.

La gallina prese il guscio tra il becco, trotterellò alcuni passi allungando tesa tesa ora l'una ora l'altra gamba, poi sbriciolata bene la preda la fece scomparire entro il proprio stomaco. Intanto guardava di sbieco come per assicurarsi che nessun altro gallinaceo si avvicinasse. Pipino meravigliato che un guscio d'ovo, quasi simile al vetro, potesse essere cibo così gradito, domandò:

— Signora gallina, siete poi ben sicura di digerirlo?

— E come no? Noi abbiamo dalla natura uno stomaco robustissimo più del tuo, o piccolo uomo: noi mangiamo anche le pietre, quelle piccolissime, s'intende.

— Fortunate voi — soggiunse Pipino ridendo; e pensò che ciò che non serve agli uni serve agli altri. Ciò che si butta via come cosa inutile riesce utile sempre a qualcuno.

— Signore, buon giorno e grazie, — salutò la gallina senza dimenticare la riverenza, cioè levando la coda e sfiorando col becco la terra.

— Addio, addio, ci rivedremo.

Essa era già lontana e coccodeva incedendo con passo fiero di matrona romana.

Per tre giorni e tre notti Pipino non si mosse da quel campo. Era così vasto! Guardava in alto gli alberi tra i cui rami il sole faceva mille giocarelli, carezzava i trifogli, rialzava lo stelo delle margherite e dei ranuncoli, calpestati da qualche passante. Prima di avventurarsi definitivamente per il mondo, reputava opportuno di raccogliere i suoi pensieri, trovarne dei nuovi e osservare. Egli ragionava così: «io sono vecchio, è vero, ma devo ringiovanire: bisogna dunque che io cominci a studiare le cose piccole, più tardi quando avrò vissuto, mi occuperò di cose grandi».

La sera, appena compariva la prima stella e i grilli cominciavano il tremito dei trilli, si coricava nel suo letto composto di 1227 fili d'erba asciugati al sole durante il giorno, per guanciale aveva cinque margherite sovrapposte, e per coltrone una foglia di zucca, proprio mandata dalla Provvidenza, assai greve e utile contro il freddo notturno. Dormiva in pace e non vedeva sorgere in cielo le altre stelle, le quali a farlo apposta aspettavano a spuntare una dopo l'altra quando egli fosse ben vinto dal sonno. La prima avvertiva:

— Sorelle, venite: Pipino dorme.

D'un tratto il cielo brillava come un giardino lontano. Poi veniva la luna a visitare il firmamento, a sentire se la notte aveva fatte le cose per bene. Pipino, intanto, russava spaventando i grilli più vicini. Una notte, un grillo curioso cadde entro la pipa, ma non si mosse perché ci si trovò a meraviglia e fino all'alba cantò rallegrandosi della cameretta nuova. È vero che l'odore del tabacco lo costringeva a dare improvvisi sternuti; tuttavia se la passava.

Ma una sera cambiò il tempo. Era l'ultima sera del terzo giorno e la pipa aveva consigliato Pipino di proseguire il viaggio all'alba del domani.

C'erano per aria due nuvole nere nere, che in pochi istanti prendevano forme spaventevoli di mostri. La luce veniva mancando. Gli alberi come urtati piegavano, i rami dondolavano — sì e no — no e sì — e pareva che soffrissero.

— Chi è che urla? dimmelo, mamma pipa.

— È il vento, un grande immenso uccello senza corpo che possiede solamente le ali smisurate con le quali può fare gran danno. Senti che brividi di freddo?

— Li sento, li sento. Sarà bene mangiare e coricarsi, vero mamma?

— Hai ragione; ti dò subito l'ovo.

E in un baleno l'ovo comparì per la cena, ma Pipino aveva trovato per terra una noce. La prese, considerando che, non appartenendo ad alcuno, quella noce poteva diventar sua.

Quand'ebbe bevuto l'ovo, si provò a rompere il durissimo guscio del frutto nuovo per lui. Provò e non ci riusciva.

— Come farò, mamma?

— Prova col pugno.

— È più duro del mio pugno.

— Prova col piede.

— È più duro del mio piede.

— Prova coi denti.

— Non mi entra in bocca.

La pipa sorrise e disse: — Allora fa così: prendi me per la cannetta e, proprio come se fossi un martello, giù colpi. Tac, tac, tac.

Pipino obbedì, e al primo colpo la bella noce si aprì mostrando i gherigli freschi.

— Grazie, mamma; ti sei fatta del male?

— No, figlio. Io sono di legno.

E il pranzo di quella sera fu più lauto del solito.

Il cielo era tutto buio. Soffiava il vento e pareva che per terra, fra l'erbe e su per i tronchi, strisciassero delle biscie. Un rombo di tuono fece tremare Pipino e lo persuase a coricarsi.

Dopo un'ora dormiva serenamente, benché non brillassero le stelle. Teneva una mano fuori della coltre, perché il sonno lo aveva sorpreso mentre si lisciava la barba. Più tardi cominciò a gesticolare. Egli sognava di parlare ad una fata addoloratissima. Quanto era bella! Vestita di bianco, il corpo sottile, così fine che quasi non si vedeva più, tentennava la testa bionda esclamando: «poveretta me! poveretta me!»

E Pipino a rispondere:

— Che hai, bellissima fata? Chi ti fa piangere? Posso fare per te qualche cosa? Sono vecchio ma posso rendermi utile.

— Ahimè! Devi sapere, caro Pipino — rispose la piangente — che tutte le altre fate, sorelle mie, stanno per morire.

— Come? Le buone fate sono moribonde?

— Sì. Perché gli uomini, fatti cattivi, non le amano più e pochi sono i fanciulli che le ricordano. Ieri un bimbo d'America lacerò e buttò dalla finestra un libro di fate.

— E dove stanno?

— Lontano, in oriente: sole, abbandonate, fra poco tempo torneranno in cielo e io pure morrò di dolore.

Pipino si sentì stringere il cuore e, levate le braccia con grande affetto, accarezzò le mani bianche e trasparenti della fata e pianse anche lui.

— Credi, soggiunse, sebbene io te lo dica in sogno, è vero quello che ti dico. Pensa: che sarà il mondo senza le belle fantasie ispirate da noi, raccontate dai nonni e ascoltate dai bambini? Quanto sarà triste! Non ci saranno più che macchine, macchine e macchine.

— Già, sarà proprio triste — pensò Pipino.

Pipino e la fata si trovavano, nel sogno, in un giardino sospeso in aria dove i fiori non erano fissi alle aiuole, ma volavano graziosamente spargendo grati odori. Un uccello bianco roteava su loro due ascoltando e pareva afflitto anch'egli.

— Ora me ne vado, o caro Pipino e mi raccomando a te. Quando saprai che tutte saremo morte, verrai con molti bambini a vedere il nostro sepolcro? Se verrai... forse noi...

— Sì, volentieri, ma come lo saprò?

— Ti darà la notizia questo uccellino bianco che vedi. L'uccello bianco aprì il becco e disse:

— Sì, verrò io.

Pipino baciò la fata e il sogno finì. Che voleva dire la fata con quel forse?...

Era mattino.

Lo svegliò un brivido di freddo ed ebbe subito la voglia di alzarsi. Uno, due, tre: e fu in piedi.

— Che freddo! che pioggia!

Il grillo che stava nella pipa, mise fuori la testa.

— Ahh! fece Pipino.

— Ihh! — fece il grillo, chiedendo scusa di trovarsi in quel luogo:

— Veda, signore, io mi accoccolai dentro questo foro che si direbbe scavato per me; ci vengo da tre notti e canto sotto voce fino all'alba senza disturbare nessuno. Questa mattina non uscii per causa della pioggia che piomba a catinelle. Mi perdona? Sì? Cri, Cri!!

La pipa prese la parola e il grillo, spaventato, spiccò un salto.

— Ma sì, povero grillo, hai fatto benissimo.

Pipino si levò sulle gambe intirizzite; tremava e grondava. Spremette la barba, spremette i capelli, tossì.

— Ahimè! cara madre, io mi prendo un malanno; morirò oggi e non posso più ringiovanire.

— No, figlio: fa cuore, il tuo avvenire è sicuro. La tosse è un acciacco della vecchiaia; passerà: via via, ti farai sempre più forte.

— Speriamo. Oh guarda! mi cadono in questo momento cinque peli bianchi della barba.

— Oggi stesso altri cinque te ne spunteranno neri nerissimi — rispose la pipa.

Sorrisero entrambi a tanta sorpresa, che confermava la profezia della pipa e consolava un po' Pipino dal dolore provato in sogno.

Le nuvole si aprirono e comparì l'arcobaleno.

— Lo vedi mamma?

— Sì: è di buon augurio.

— Lo vedi, grillo?

— Cri, Cri.

Ma non bastò l'arcobaleno a far che Pipino scordasse la fata piangente: gli pareva anzi di vederla seduta su l'arcobaleno come sopra l'altalena. E fece questo proponimento: «Se morissero davvero le buone fate, senza dubbio io andrò con molti bambini lontano, lontano, finché troverò il loro sepolcro e lo copriremo di fiori. Ma che intendeva dire la fata quando disse: forse?...».

E quella parola — forse — non dava pace a Pipino.

Vedremo più tardi come andarono le cose.

IN VIAGGIO. UNA CITTÀ DI FANCIULLI.
PIPINO VORREBBE ENTRARE MA NON PUÒ

Il tempo durò buono per sei mesi e Pipino, col dolce peso della sua mamma sopra le spalle, viaggiò a traverso campagne coltivate, superò colline, valicò monti, sorgendo sempre all'alba pieno di speranze e spargendo qua e là opere buone. La sua salute fioriva meravigliosamente, cosa che lo invogliava sempre più ad essere ottimo fratello degli uomini e delle cose. Più d'una volta liberò dalla tela tessuta dai ragni, tra siepe e siepe, certe mal capitate mosche che colà avrebbero trovata la morte: durante la stagione della caccia avvertiva le quaglie nascoste fra il grano che vicini stavano i cacciatori; se vedeva un pulcino impigliato fra le spine di un pruneto con pazienza lo liberava. Ebbe anche una piccola fortuna che durò poco. Trovò per caso una carta da cento lire. Egli non ne conosceva il valore e pensò subito di farsene un berrettino da viaggio, per economia. Così avrebbe conservato meglio quell'altro riservandolo per le piogge invernali, mentre quest'ultimo di carta, leggero e fresco, serviva stupendamente durante il solleone estivo. Ma... aveva fatti i conti senza i ladri. Un giorno scorse due contadinelli avanzare verso di lui a passo svelto. Fece in tempo a rifugiarsi con la pipa dentro il tronco di un albero ma non a salvare il berrettino nuovo che fu trovato, ammirato e rubato. I ladri non si curarono di lui; fuggirono e scomparvero in un baleno. Raccontò a mamma sua l'accaduto ed ella da persona esperta così gli rispose: «Te lo dissi, Pipino mio; gli uomini ti daranno dei guai. Di buoni uomini, ce n'è, ma pochini. Tu però sii forte e rimani buono sempre, anche a costo di mille dolori».

— Va bene — aveva soggiunto Pipino. — La buona fortuna mi farà trovare un altro foglio di carta e rimedierò al berretto perduto.

Compagno fedele dei viaggiatori, sapete chi era? Il grillo.

Egli cantava di notte nella pipa, ma nello stesso tempo vegliava a guardia di Pipino: di giorno andava a zonzo, ma sapeva tornare a lui, veloce, per dirgli: «So un fonte d'acqua fresca, vieni a bere» oppure: «Pipino, nasconditi, vedo gente non lontana da noi». Una volta, in un campo, stavano dei contadini a falciare il grano. Le falci lunghe lucenti come la folgore lavoravano rapide senza fermarsi mai. Pipino si trovò in pericolo. In che modo salvarsi? Una falciata bastava a spiccargli la testa di netto. I contadini erano forse trecento, in tutto. Che giornata fu quella! Il poveretto temeva di non cavarsela a meno di qualche ferita. Ora si buttava bocconi a terra, ora rimaneva per due ore dietro un fascio di biche già legate presso il quale non c'era nessuno. Il grillo infaticabilmente, salterellando e volando come poteva, andando sempre avanti a Pipino, gli dava utili segnali per fuggire la falce.

— Pipino, a terra; Pipino, levati, corri, Pipino curvati a destra, a sinistra.

Giunta la sera, i falciatori partirono cantando stornelli che a Pipino, liberato dal pericolo e dalla paura, davano gran dolcezza nel cuore. La canzone in campagna, sul far della notte, quando la terra invia intorno l'odor suo buono, è sempre cosa che intenerisce. E la pipa, come tutte le donne un po' sentimentale, si moveva per dimostrare anche la sua tenerezza, esclamando:

— Come cantano bene! La musica consola tutti i dolori. Questa poi è deliziosa come una fumatina di tabacco turco.

Ma come più inoltrava la notte, Pipino ne riceveva melanconia e pensava alle fate e all'uccellino bianco che non si era fatto veder più.

Ripresero all'alba il loro viaggio, e due giorni dopo giunsero alle mura di una città. Sulla porta piccolina, alta solamente un metro e venti centimetri stava scritto: Chi vuole entrare in questa città di fanciulli si faccia presentare.

Ma la porta era chiusa.

Più sotto, una scritta in rilievo sopra un rosone diceva: Sono esclusi i vecchi.

Queste ultime parole non fecero piacere al povero Pipino desideroso di entrare finalmente a vivere in società con gli uomini e incuriosito oltre ogni dire di conoscere una città di fanciulli.

— Mamma — disse — non si può entrare?

— Bussa — consigliò la pipa — e ti sarà aperto.

— Credi? E non c'è pericolo di qualche brutta sorpresa? Mi dicesti che, degli uomini, pochini sono veramente buoni e rispettosi della vecchiaia.

— È vero, ma questi sono fanciulli; è probabile che siano ancora buoni.

— Non mi pare, giacché non intendono di ricevere i vecchierelli.

— Io ti consiglio di bussare a ogni modo: sarà quel che sarà. Del resto, vivere bisogna; affrontare ostacoli, sopportarli con pazienza e vincere. Coraggio, bussa.

Non crediate che Pipino esitasse per paura. Giammai. Gli sarebbe spiaciuto molto di trovare la malvagità invece della bontà. Ai cuori belli fa pena quando si imbattono in creature senza cuore. Fece qualche riflessione carezzandosi la barba che già accennava a diventare brizzolata, da bianchissima che era, e poi bussò tre volte.

La porta si aprì subito e ne uscirono, anzi si precipitarono dall'interno ventiquattro ragazzi, armati fino ai denti. Ragazzi dai dieci ai dodici anni, con sul labbro superiore un paio di mustacchi finti, di tutti i colori. E tutti fumavano la pipa con tanta furia che il fumo quasi li nascondeva.

Pipino s'inchinò, scappellandosi.

Essi per tutta risposta rinchiusero la porta e circondarono Pipino, guardandolo ferocemente. Erano buffi, ma intendevano che li si pigliasse sul serio. Tutt'assieme però erano belli.

Dopo alquanti minuti di silenzio, uno dei ventiquattro, il capoguardia, prese la parola:

— Voi chi siete?

— Pipino.

— Perché avete bussato?

— Per entrare. Amo tanto i bambini.

I ventiquattro armati gesticolando furiosamente urlarono in coro:

— Nooooo!

— Sì — ribatté Pipino — amo i fanciulli.

Il capo accennò ai suoi compagni di calmarsi e spiegò:

— Ecco, noi non siamo né fanciulli né bambini; chi ci chiama così ci offende a morte. Siamo fanciulli precoci, cioè di immenso ingegno come ci dichiararono i nostri babbi e le nostre mamme fin dalla nascita: viviamo in fretta, sappiamo tutto e facciamo da noi: Inchinatevi, signor Pipino...

S'inchinò ben quattro volte pensando tra sé e sé: quanto sono presuntuosi e saputelli! però, se non m'inchino, un orecchio me lo tagliano di sicuro.

Quindi il capoguardia continuò:

— Io non posso concedervi di entrare in Paidopoli (nome della nostra città) prima di avervi annunziato al re, e che il re stesso, inchinatevi Pipino! (Pipino s'inchinò)... il re stesso sia venuto in persona a guardarvi e tastarvi gli ossi della testa. Se vi crederà degno di accoglienza, non ostante la vostra età, meglio per voi.

Pipino avrebbe voluto dire chi egli era, vecchio e non vecchio, ma forse non sarebbe stato creduto e rinunziò a parlare a proprio favore.

— Aspettate! — concluse il capoguardia e rientrò con i ventitré compagni. La porta venne subito rinchiusa.

— Mamma! — esclamò il vecchietto nostro quando fu solo — io casco dalle nuvole.

— Non cascare, figlio mio. È così. Ne vedrai di peggio.

— Mamma, hai visto quante pipe?

— Già, sono precoci, come dicono, sono svelti. Se entreremo in Paidopoli rideremo di cuore. Credo che fumino pure i bimbi di un anno.

— Hai sentito? Il re mi tasterà gli ossi della testa.

— Senza farti male, però. Tasterà con le dita. Dev'essere un'usanza del paese. Gli scienziati dicono che un uomo ha tanto più ingegno, quanto più la sua testa è ricca di bernoccoli e bitorzoletti.

Pipino cominciò a tastare da sé il proprio cranio, e, di bernoccoli, se ne trovò parecchi, onde soggiunse:

— Sta a vedere che forse incontrerò la simpatia del re; ho parecchi bernoccoli.

— Tanto meglio — disse la pipa — ti troverai bene, ma dovrai fumare tu pure.

— Mi daranno in regalo una pipa, e mi obbligheranno a fumare ad ogni costo.

— Pipino mio, tu non mi farai torto. Io sarò la tua pipa, né avrai altra pipa più cara di me.

— Obbedirò, mamma.

Aspettavano da tre ore; nessuno appariva. Dal di dentro giungeva un rumore confuso di gente e di veicoli. Pipino passeggiava dinanzi alla porta, ormai senza esitazione e più curioso di prima. Di tratto in tratto lo coglieva l'impazienza. Come il pomeriggio era splendido e il cielo azzurro, egli volse in alto lo sguardo richiamato dal cinguettìo dei passeri e il pensiero suo corse subito alle fate ed all'uccello bianco. Non ne sapeva nulla da tanto tempo. Se fossero morte o ancora vive e malate di dolore? Certo avevano ragione. Se i fanciulli, invece di vivere, come richiede la loro età, nell'innocenza, tra semplici studi e molti trastulli, crescevano presuntuosi come quelli di Paidopoli, per chi mai le fate creerebbero le loro belle fantasie? E gli tornava in mente la fata veduta in sogno, dal corpo sottile, mani trasparenti e capelli biondi; ricordava il giardino aereo, i fiori danzanti e l'uccellino parlante.

Chi sa per quante ore, aspettando, Pipino avrebbe sognato nel ricordo della fata dolorosa, se tre cri, cri, cri, del grillo non lo scotevano.

— Grillo, grillo! sei tu?

— Criiii.

— Dove sei stato? Di dove arrivi?

Il grillo, dopo altri cri cri di gioia, rispose:

— Non vedesti quando entrai nella città nell'istante che le guardie la aprirono per uscire ad interrogarti?

— Come!? — esclamò Pipino — ci sei stato? Che c'è? Che cosa hai visto?

— Non ti dico nulla. Osserverai con i tuoi occhi. Ora sono stanchissimo, lasciami riposare nella pipa.

Pipino voleva insistere perché il grillo parlasse, ma un frastuono lo avvertì che dietro la porta era una gran folla. Sentiva urlare:

— Viva il re!

Stridettero i catenacci, si spalancarono i battenti. Si vide prima una pipa, poi un fanciullo a cavallo di un somaro che ragliava a squarciagola. Pipino s'inchinò.

PIPINO FUMA. PIPINO BEVE.
I TRE MISTERI DELLA CITTÀ DEI FANCIULLI

Molti avvenimenti seguirono al giorno fatale in cui Pipino si trovò alle porte della città dei fanciulli.
Prima di tutto dovete sapere che gli fu permesso di entrare e di abitarvi. Il re dopo avergli tastato gli
ossi della testa, felice che Pipino portasse dei buonissimi bernoccoli sotto i capelli, rassicuratosi che
il nano aveva dell'ingegno, lo pregò subito di prender soggiorno in Paidopoli come cittadino onorario.
Un'altra cosa che aveva sommamente giovato al nostro eroe, era la sua statura piccola, più piccola di
tutti gli altri abitanti: e poi un'altra ancora, ed era la sua barba proprio vera che non pericolava mai.
Da un anno, dunque, Pipino con la sua madre dimorava in un villino assai grazioso, ricco di tre torri
e chiuso da tre cancellate di bellissimo disegno. Non si trovava male. Dapprima, in verità, gli era
toccato di lottare un po' per ottenere che lo lasciassero vivere secondo le sue abitudini, cioè di non
mangiare altri cibi fuorché l'ovo di mezzogiorno e l'ovo a cena preparato dalla sua mamma; di non
bere mai vino e possibilmente di non fumare.
Ci volle del bello e del buono a persuadere i cuochi a non seccarlo e a respingere i vini prelibati che
gli pervenivano in dono; alla fine, ottenne di mangiare a modo suo, però dovette acconsentire a fumare
la pipa. Di questo la mamma stessa ebbe occasione di rallegrarsi diventando sempre più utile al suo
figliolo e secondariamente la buona pipa, a dirlo tra noi, desiderava di risentire il gusto del tabacco.
Che belle ore passavano in famiglia, Pipa e Pipino! Dopo l'ovo della cena, egli diceva:
— Mamma, io fumo.
E la mamma gli volava in mano con tutta la sollecitudine premurosa che hanno le mamme, e
rispondeva:
— Pipino, fumiamo.
Tabacco ce n'era in abbondanza, e quando la pipa era ben carica, diceva:
— Accendimi!
E Pipino, acceso il fiammifero, lo avvicinava alla testa della mamma con precauzione, badando a dar
fuoco al tabacco senza sfiorare con la fiamma l'orlo di legno. Ci riusciva sempre, perché lo faceva
proprio con delicato amore. Mai la pipa ebbe a gridare: «Ahi! mi bruci». Mai.
Il fumo usciva dalla bocca di Pipino e dalla bocca della pipa, allegro, vivace, azzurro; coronava l'uno
e l'altra come di un'aureola, saliva, si stendeva nella camera formando una specie di cielo grigio pieno
di nuvolette erranti. A quelle nuvole altre si aggiungevano, penetrandole, scacciandole
scherzosamente.
Diceva mamma Pipa:
— Che buon tabacco! Soggiungeva Pipino:
— Guarda che belle nuvole, mi divertono un mondo.
Lo spettacolo era bello davvero. La luce proiettava a traverso il fumo dei piccoli raggi destando
vivacissimi colori. Il fumo ora pareva lana bianca, ora seta celeste, ora un vetro appannato.
Finita la pipata, Pipino riponeva sul tavolo la pipa. Allora il fumo aspettava un cenno per uscire dalla
finestra.
— Fumo, te ne puoi andare, grazie dell'opera tua.
Piano piano ogni nebbia abbandonava la camera confondendosi con l'aere del cielo. La fumata era
l'unica consolazione di Pipino. Molti dolori pungevano il suo nobile cuore. Gli davano pensiero i
cinquemila fanciulli, abitanti di Paidopoli.
— Pare impossibile! — mormorava tra sé e qualche volta discorrendone pure con sua madre. —
Cinquemila fanciulli che non vogliono esser fanciulli, che si appiccicano ogni mattina la barba finta,

che hanno fondata una città tutta per loro! Una città bella perché non vi manca nulla di ciò che è necessario, ma dove mancano però due grandi cose.

E quando pensava a queste due cose Pipino sospirava, quasi piangeva.

Se vi dicessi subito ciò che mancava, poveretti voi, miei dolci lettori! Lo stupore vi farebbe strillare alto, dolorosamente. Ve lo dirò fra poco. L'interessante per ora è che Pipino cercava la maniera di convertire al bene tutti i cinquemila Paidopolesi, farli tornare a casa, allo studio e a vivere secondo l'età loro nell'amore e nell'ubbidienza. Ma, in un anno, ancora il buon vecchietto (non più così vecchio) non aveva trovato nulla. Intanto, si guardava bene dal contraddire i piccoli cittadini; li salutava con garbo, si tratteneva con loro, fingeva insomma di prenderli sul serio.

La città, come già ebbi a dirvi, era bella. Strade lunghe, un po' strette, piazze con fontane, palazzi e villini, luce elettrica, tramvie, automobili. Vi erano uffici e impiegati, guardie civiche, carabinieri, alberghi ad ogni passo, tabaccherie in tutte le case, duecento fabbriche di pipe e altrettante di barbe. Ah sì! le pipe e le barbe si vendevano per tutte le vie, di tutti i prezzi: ce n'erano a migliaia, ma neppure una era pipa di buon cuore come la mamma di Pipino, come nessuna barba era bella e viva come la sua.

La cosa poi buffa, da strappare le risa a uno scolaro bocciato sei volte, era il vedere il signor prefetto fanciullo, il sindaco fanciullo, avvocati fanciulli, e medici fanciulli. Questi titoli come li avevano ottenuti? Chi li aveva dati loro? Perché essi esercitavano veramente ciascuno la loro arte: curavano i malati e li guarivano, discutevano i processi per benino, il sindaco amministrava bene. Come mai questo, se in tutta Paidopoli non si trovava un libro, manco in fotografia? Un cittadino che aveva innocentemente consigliato di aprire una scuola, una sola, così per passarvi il tempo, era stato minacciato dell'esilio e punito con settantadue codate d'asino a traverso la schiena e sospeso per cinque mesi dall'onore di fumar la pipa. Immaginate! Senza contare i tumulti per la città, la malattia del re in seguito a tanta offesa recata dallo sciagurato Paidopolese e due scioperi di tramvieri e di albergatori. Un finimondo. Naturalmente Pipino entrò in scena, parlò col re, coi ministri, fingendo sempre di dar loro ragione e mise le cose a posto. Mentre tra sé pensava:

— Col tempo, col tempo vi metterò io a posto, pezzi di asinelli, somarelli, ciucarelli, superbiosetti e saputelli, che non siete altro!

Egli diceva al Signore: «Tu che, dall'alto dei Cieli, tutto vedi e governi, non mi hai mandato in questa città soltanto perché io assista allo spettacolo grottesco dei bambini falsificati. Sento che un dovere mi aspetta, e non so quale. Le parole non bastano. Qui ci vuole una bella battaglia. Illuminami Tu, e soprattutto, essendo io così debolino, dammi la forza per il combattimento».

Però, zitto. Non era ancora il tempo!

Se la fata avesse pensato a farsi viva, quanto bene ne sarebbe seguito! Invece, nulla; nessuna notizia. Come stavano di salute le fate? Ma! L'uccello bianco non appariva in cielo. Pipino nelle sue preghiere se ne ricordava, invocava di averne presto qualche messaggio che lo aiutasse a compiere le buone opere cominciate. Una sera, verso l'ora del tramonto, venne suonato al villino. La pipa udì, avvertì suo figlio che scese ad aprire col cuore che gli batteva.

— Forse una notizia?

No. Era un invito a pranzo alla Corte. Tre personaggi vestiti con suprema eleganza, con baffi e barba nuovi (il re ed i suoi seguaci cambiavano la barba e i baffi ogni mattina) chiesero di Pipino e gli riferirono il desiderio del re. Il quale voleva, come si dice, prendere due piccioni con una fava, cioè ringraziare il grande uomo Pipino, suo suddito onorario, per il bene fattogli, e festeggiare con un banchetto l'anniversario della sua residenza in Paidopoli.

Non si poteva rifiutare; Pipino accettò e, quando i tre personaggi furono lontani, rientrato in camera, esclamò:

— Che noia, mamma! Siamo invitati a colazione dal re.

— Coraggio — rispose la pipa. — Bisogna andare; fa volentieri anche questo sacrificio, e quando torneremo a tarda notte, io, in premio, ti racconterò un segreto. Ti dirò chi è che tiene in vita questa città di fanciulli; ti spiegherò in qual modo tutte le cose necessarie ci sono e non si sa chi le faccia veramente.

— Davvero, mamma? Mi svelerai questo segreto? Parola d'onore?

— Parola di pipa onesta.

— Ebbene, andiamo; soggiunse Pipino.

— Io resto a casa — cantò il grillo — e vi aspetto. Mezz'ora dopo erano alla reggia. Il banchetto era pronto.

Prima delle pietanze, si presentarono i cuochi a cantare la lode dei cibi preparati da loro, la lode di Pipino e la lode del re.

Ecco la canzone che diventò l'inno nazionale di Paidopoli:

Evviva i cuochi,

Evviva i cibi.

Viva Pipino,

Evviva il Re!

La breve canzoncina fu strillata dai quarantaquattro cuochi e tutti gli invitati applaudirono. Solo Pipino si pizzicò la gola per non ridere e trattenne la pipa che fu presa dalla voglia di saltare. Poi cominciò la tortura. Ancora una volta dovette lottare per conservarsi frugale secondo le sue abitudini, e ancora una volta vinse. Tutti mangiavano a scoppiacorpo, galli, galline, capretti, colombi, quarti di vitello. Pipino mise sul tavolo la pipa, l'uovo apparì, bello bianco liscio. Fu chiamato un cameriere il quale con un colpettino secco del dito medio lo ruppe quanto bastava, cioè vi fece un bucherello sulla punta e il nostro amico mangiò piano piano. Dopo pensò con simpatia alla gallina di un anno prima; l'avrebbe rivista volentieri per far dono del guscio che invece fu buttato dalla finestra. Vennero i dolci, vennero le frutta, e poi... e poi piovvero addirittura i vini. I ministri dondolavano la testa per metà ebbri; il re era felice di questo e ordinò anche a Pipino di bere.

Povero Pipino! Si sforzò a rifiutare, ma invano. Bevve un bicchiere di vino bianco, ne bevve un secondo e un terzo.

Seguì la danza con un fracasso infernale.

Erano le ventiquattro, quando Pipa e Pipino, accompagnati, rientrarono in casa.

— Finalmente! — esclamò il vecchietto.

— Fuma — gli disse la madre.

— Ah no! mamma, non mi sento di fumare.

— Allora apri le finestre.

La notte era buia, nera, paurosa. Che cosa mancava a Paidopoli? Miei cari lettori, mancavano le stelle, mancavano i fiori. Orribile castigo sopra una città! Di questo si lagnava Pipino. È così bello prima di coricarsi guardare il cielo, sorridere alle stelle! È così bello alzarsi al mattino e vedere i fiori! A Paidopoli, no. Quei cinquemila birichini non meritavano né il sorriso delle stelle, né il sorriso dei fiori. Essi poi, tanto erano distratti e pervertiti che neppure se ne accorgevano.

Ecco due dei misteri di questa città.

Ma ce n'era un terzo.

— Mamma — disse Pipino — raccontami ciò che hai promesso.

La prese in mano, andò verso la finestra e la pipa cominciò:

— Senti. Iddio stende sul mondo ampie strade inondate di luce, sulle quali è dolce camminare, perché ci portano dove Egli vuole. Attorno a quella luce c'è dell'ombra, e pur troppo vi sono dei bambini curiosi dell'ombra, insofferenti, irrequieti. Essi escono dalle strade luminose, e trovano un drago che li porta qui. Questa città ha, infatti, due porte: presso la seconda, al di fuori, vive un drago e non si muove mai. Esso è lo spirito del male: esso fa, invisibilmente, tutto ciò che vedi in Paidopoli. Non i fanciulli lavorano, ma lui opera per loro. Esso li perde. Per causa di lui sulla città non brillano le stelle e non sbocciano i fiori. Hai compreso?

Pipino baciò la mamma, guardò la notte, poi dopo un sospiro giurò, ponendo la mano sulla bocca di lei:

— So il mio dovere. Ucciderò il drago!

— Sai tu qual è il primo presidio di ogni combattente?

— Sì, mamma, la fiducia in Dio.

— E allora, Dio t'aiuti, figlio mio.

— Lo ucciderò. Sì, sì, sì.

— Cri — aggiunse il grillo. — Cri, e io ti soccorrerò con tutti i mezzi di cui dispongo.

Venne il sonno a portare la pace nel cuore del vecchierello. Il grillo, entrato nella pipa, cominciò a cantare. Era l'unico grillo di Paidopoli.

Ed ora aspettate il duello tra Pipino e il drago.

Battersi col drago. Ecco l'idea fissa di Pipino. Ma le cose belle non si fanno in poco tempo, benché egli sperasse di cavarsela in mezza giornata, cioè liberare i cinquemila fanciulli dalla schiavitù dello spirito maligno e poi ritornarsene per il mondo in cerca di altre opere buone. Invece, ce ne volle del tempo! Il grillo che faceva scorribande per la città, affermava di aver visto il drago accovacciato, di averlo sorpreso a ridere. E quel riso più che mai seccava il grillo, sembrandogli un atto di pessima educazione da parte del signor drago verso un grillo di buoni costumi.

La pipa a sua volta, essa che era come la voce della coscienza di Pipino, badava a ripetere:

— Aspetta! aspetta! Uccidere un drago è più difficile che mangiare un ovo.

E Pipino:

— Dici bene, mamma, ma il tempo passa e questi fanciulli restano nel male.

— Hai ragione, figlio; ma pensa: se ti va male il duello? Che sarà di te, di me, dei fanciulli?

Queste riflessioni materne piene di saggezza frenavano l'ira di Pipino. Intanto passarono mesi ed anni: si seguirono i banchetti di ogni anniversario. La vita di Paidopoli era sempre quella: trascorreva nella cecità, senza buon senso. I cittadini, ben lontani dall'immaginare che Pipino lavorasse per loro, gli volevano bene perché era piccolo, lo riverivano senza comprenderlo. Ed egli se ne accorava tanto! Chi l'avesse visto certe sere alla finestra con la sua mammina tra le mani! Guardava il cielo nero e la città che pareva schiacciata dall'ombra. Molta melanconia gli opprimeva il cuore.

Finché, come accade alle persone vive, Pipino ammalò. Tenne il letto per quasi un anno, per una di quelle malattie necessarie, dopo le quali il corpo rifiorisce gagliardo più di prima. Durante la convalescenza il re veniva a visitarlo: venivano a dozzine i medici. Ma la guarigione fu operata dalle continue cure della mamma. La pipa andava su e giù per la stanza, apriva miracolosamente le finestre, apprestava l'ovo dei pasti.

Gli tornava talora la febbre con un po' di delirio; allora il buon Pipino smaniando sotto le coltri parlava col drago, provocava il drago, abbatteva il drago.

La pipa con dolcezza gli volava in mano, lo svegliava confortandolo:

—Fa' core! Vincerai il drago, ma prima bisogna guarire. Vedi, la tua vecchiaia è passata. Sii paziente.

Verso sera, il grillo, reduce dalle sue scorribande, portava notizie del drago.

— Grillo, l'hai visto?

— Sì, Pipino: oggi il drago dormì due ore.

— E poi?

— Poi camminò lungo le mura.

— Altro?

— È sempre screanzato. Mi ride in faccia e mi offende.

— Grillo mio, riderà bene chi riderà l'ultimo. E così via, su per giù tutte le sere.

Finito l'anno di convalescenza, Pipino sentì che il dovere di uccidere il drago si accompagnava nel suo cuore colla coscienza sempre più viva di fare la volontà di Colui che non vuole se non il bene; e intanto cominciò a fare da se stesso i suoi studi per procacciarsi presto o tardi una bella vittoria sul nemico.

Dirigeva le sue passeggiate verso le porte di Paidopoli. Colà spiava, origliava. Però non gli riusciva mai di veder bene ciò che voleva. Egli stava alla porta sinistra? E il drago, via, si rifugiava alla porta destra, facendo dal di fuori, a rovescio, il cammino che Pipino faceva dal di dentro. Così, dalla destra fuggiva alla sinistra, burlando il prossimo. La malizia è siffatta: silenziosa, insidiosa, ti raggira per metterti nel sacco.

Alla sera, Pipino poi ne rideva con la pipa e col grillo. A proposito di serate, udite questo episodio. Una volta il grillo non tornò che tardissimo. Si annunziò né più né meno che alle due di notte, e non solo. Entrò con sulla testa una cosa brillante, come una lampadina elettrica. Pipino, stupito, domanda:

— Sei proprio tu, grillo?

— Sì, sono io... io... crio... crio... crio...

Chi splendeva era una lucciola. E non vi paia strano. Voi, quando siete al buio, che cosa cercate? La luce. Ebbene, il grillo, sorpreso dalla notte, e che notte!, privo pure del soccorso delle stelle, cercava intorno a sé dove il buio nereggiava, un aiuto per tornare a casa. Nulla. La città era distante. Incontrò la lucciola, punto d'oro nella notte nera, la pregò di fargli lume, e la lucciola si mostrò felice di seguirlo a casa.

Pipino dapprima traballò di meraviglia, poi, alla voce del piccolo amico, comprese, sorrise, benedì la Provvidenza e badava a carezzare l'uno e l'altra. Ecco, immaginate: Pipino reggeva la pipa, la pipa reggeva il grillo, il grillo la lucciola, che da sola, pur così piccolina, illuminava tutti, anche la stanza. Pipino fu così consolato da quel ritorno, che non pensò a coricarsi, benché stanchissimo: volle invece discorrere, ricrearsi e fumare.

Il grillo, per così dire, aprì il fuoco, proponendo alla lucciola:

— Signorina, potresti, di grazia, accendere la pipa del mio padrone?

— Perché no? — rispose una vocina d'oro.

E si vide la lucciola danzar sul tabacco, destandovi su vive scintille: pareva che essa, la buona lucciola, si dividesse, rapidamente, in mille piccole parti senza diminuire sé medesima. Così si fa quando si vuole aiutare il prossimo.

La pipa, soddisfatta, disse proprio di cuore un «grazie» lungo come la boccata di fumo che Pipino buttò fuori a pieni polmoni.

Miei cari, la pazienza è la prima virtù dell'eroe; bisogna aspettare il momento buono. Ogni pianta ha il suo mese per dare il suo frutto; ogni uomo ha il suo anno nel quale, se è buono, capace e forte, farà i suoi prodigi. Guai a chi non sa attendere il tempo opportuno per mostrare il suo valore! Quante volte Pipino, coi pugni chiusi dalla rabbia, fremeva vedendosi costretto a passare anni ed anni della sua preziosa vita senza rendersi utile. Quella città gli pareva una prigione. Eppure la pipa, consigliandogli la calma, aveva perfettamente ragione:

1° Perché, passando gli anni, Pipino diventava un uomo di media età, con buoni muscoli, pronto, svelto, franco.

2° Perché mentre Pipino ringiovaniva, il drago, volere o no, nel suo corpo invecchiava, s'indeboliva.

3° Perché, a compiere una grande impresa, quale era quella di uccidere il mostro e liberare cinquemila anime, occorreva purificare la propria anima da ogni peccato. Su questo punto mi spiego. Pipino era buono, lo sappiamo; tuttavia, durante la lunga attesa, per mezzo di sagge riflessioni, era diventato ancora più saggio, cento volte più buono.

C'è la bontà di chi non fa il male, e può essere un atteggiamento passivo; e c'è la bontà di chi fa il bene, ed è attiva, franca, generosa. Questa è la bontà vera, perché si congiunge con l'ordine che regna nel mondo ed è la più consolante impronta di Dio Creatore. Fra gli studi che Pipino aveva fatto, il primo era stato sulla vita di Gesù Cristo, ed egli ricordava l'episodio in cui il Salvatore del mondo era entrato nel tempio di Gerusalemme, e a colpi di staffile ne aveva cacciato via i trafficanti. Oh, se avesse avuto una millesima parte di quel sacro ardore! Ebbene, Pipino sentiva che a poco a poco la bontà, quella vera, lo faceva degno dell'impresa che stava per compiere.

Un giorno finalmente si svegliò fresco come un fiore, gaio come un cardellino, saldo sulle gambe come un cavalluccio. Cominciò a far giri per la stanza con una agilità che non aveva posseduto mai. La sua voce, fatta sonora, rotonda, piena, squillava sillabe potenti. Nelle braccia sentiva scorrere l'argento vivo. L'apparire del sole, invece che lacrime di tenerezza, ora a lui, fatto uomo, strappò una esclamazione virile:

— Eccomi robusto e pronto a tutto.

Mamma pipa lo guardava, superba di averlo conservato così bene, lieta che il figlio ubbidiente, seguace della temperanza, potesse vantare tanta floridezza.

Sissignori, Pipino era florido, non grasso, ma ben formato. Contava cinquant'anni e ne dimostrava quaranta. Nera la barba e meno folta, non più rughe sul viso, molti capelli: solo il naso un po' più grosso. Gli occhi raggianti di vita.

Nella stanza c'erano, in un angolo, tre ceste di frutti, inviati secondo il solito, dai cittadini paidopolesi; la pipa gli suggerì:

— Pipino, svestiti il giubbone e fa giochi di forza sollevando alcuni pesi.

— Subito: quali, mamma?

— Vedi, nelle ceste stanno mele, poponi e cedri grossi; prendi, uno per mano, di quei frutti e sollevali ripetutamente. L'esercizio è ottimo per moltiplicare il vigore. Però, chiudi la finestra. Non è il caso di farti vedere a far questo. Alla gente bisogna mostrare il valore del cuore e non del corpo.

Pipino chiuse la finestra, poi afferrò subito due poponi, come fossero palle di ferro, e si abbandonò con gioia infantile alla ginnastica.

— Unodue... unodue... unodue... Li sollevò novanta volte!

Fu un urlo di gioia. Il grillo stupito si congratulò con lui, e rimpianse che la lucciola non fosse presente a godere lo spettacolo.

Pipino disse:

— Il drago, vorrei, il drago! — e fece col pugno il gesto secco di chi atterra un nemico.

Che pranzo quella mattina! La pipa, in un accesso di amore materno, preparò due uova. Il pomeriggio fu speso a gironzare per la città, e durante la passeggiata venne in mente al nano il modo preciso che terrebbe per affrontare il drago, il giorno dopo.

Un modo semplicissimo: aprire segretamente le due porte della città perché il drago entrasse. Ma da quale porta sarebbe entrato? Questo lo vedeva il grillo, avvertendo subito Pipino; o se non il grillo, qualcun altro. Un piano degno di Napoleone. Giunto a casa, raccontò al grillo a uno a uno i particolari dell'impresa ormai vicina. Si coricò presto. Tutti i cittadini di Paidopoli, sepolti nel sonno, russavano senza sognare ciò che avrebbero visto di meraviglioso la mattina seguente.

Il giorno dopo, Pipino uscì di casa all'alba: dopo un'ora tornò. Era stato a passeggio lungo le mura della città, e durante la camminata mattutina, mentre le guardie ancora ciondolavano dal sonno, senza vigilare, egli aveva aperto prima l'una porta, quella a destra, poi l'altra, quella a sinistra, ma piano piano, lasciando accostati i battenti. E la chiave? domanderete voi. La chiave fu la cannetta della pipa, che infilata bene dentro la toppa girò due volte, in silenzio, perché sapeva benissimo quel che si faceva.

Sbrigata questa faccenduola necessaria, Pipino era rincasato in attesa degli avvenimenti e intanto, per ingannare il tempo, aveva ripreso l'esercizio ginnastico dei poponi. Il grillo saltava dall'impazienza, parendogli mill'anni di vedere il prodigio; alla fine proruppe con una musica tagliente di cricri e concluse:

— Io esco a volo: spio le mosse del drago e ti avverto appena sarà entrato.

— Esci, grillo; fa pure così; ma io, anche quando tu mi avrai avvisato che il drago è vicino, io, caro grillo, non moverò un passo fuori della stanza.

— Hai paura, Pipino?

— Oibò, no: sono calmo: so il mio dovere: uscirò quando mi chiameranno i Paidopolesi.

— Bravo, Pipino: io ti do ragione: questo è il momento di farti valere e mostrarti, quale tu sei in verità, un uomo prezioso.

— Sicuro! — esclamò la pipa.

Si udirono due cri, uno dentro la stanza, l'altro fuori della finestra e il grillo non c'era più. Pipino si rimboccò le maniche, ovverossia fece la toeletta per il duello: decise di lasciare a casa il cappello, contando molto su l'effetto della chioma nera, bella e forte, dove non rimaneva se non un ciuffetto bianco nel centro.

D'un tratto uno strepito alto di voci giunse al villino. Egli si affacciò alla finestra. Spettacolo! spettacolo! i tetti delle case formicolavano di cittadini urlanti di paura. Non c'era più dubbio. Il drago, entrato, spargeva il terrore. Crebbero gli urli; poi agli urli si unirono ragli d'asino, di mille asini, e scalpiti di zoccoli. Quanti somari senza padroni, in fuga, perché avevano incontrato nella strada più importante il mostro non mai veduto! Alcuni si rizzavano sulle zampe posteriori, altri da bravi ciuchi pestavano il terreno scodinzolando, altri piangevano addirittura. Persone, punto, per via; come dissi, quali sui tetti, quali arrampicate sulle persiane. Il re stesso, colpito dal mal di ventre, stava sulla punta d'un campanile abbracciato al parafulmine. Prima di salirvi, aveva promesso di regalare la corona regale e il trono di Paidopoli a chi avesse mostrato il coraggio di affrontare il nemico e liberare la città. Ma nessuno si presentava.

Uno, uno solo ebbe l'ispirazione di un'idea geniale. Un paidopolese grassetto, tondo, bonaccione, che per simpatia carezzava e dava bacetti a tutti i somari che gli passavano vicino. Costui attraversò di corsa parecchie strade, diretto alla casa di Pipino, mentre il cuore gli diceva: — Quello, quello vi salverà.

Si precipitò dentro i tre cancelli, salì le scale, si prosternò ai piedi del nano.

— Alzati! — rispose Pipino. — Ho compreso e vado subito.

Nel medesimo istante entrava il grillo:

— È ora!

— Lo so.

Il cittadino più coraggioso, avendo già speso tutto il suo valore, si arrampicò per la grondaia e raggiunse il comignolo più alto del villino. Come fu al sicuro, cominciò con tutta la forza a mandar baci in direzione di Pipino, che camminava svelto coi capelli al vento. Più bello non era stato mai.

Quando giunse nella via principale si fermò, guardando innanzi a sé. Intorno, silenzio. Si udivano solo i cinquemila respiri dei cinquemila paurosi, che si sporgevano a vedere. Il drago apparve. Il silenzio aumentò. La paura crebbe: sui tetti, diecimila gambe tremavano.

Pipino, là, in atto sereno di sfida. Piccolo, sì, ma grande; pareva quasi che la sua statura or sì or no si allungasse. Cosa vuol dire la sicurezza che Dio è con noi, la coscienza tranquilla, il buon senso nelle azioni, la volontà di far del bene!

Il drago si avanzava dieci metri per volta: poi riprendeva il passo. Non era alto, ma largo di corporatura. Dal collo uscivano tre teste dondolanti, quasi sonnolente, prive della fronte: enorme era il taglio delle tre bocche aperte un poco, come chi maliziosamente ride in faccia agli altri canzonando con malignità. Strisciava con sei zampe sollevando molta polvere. Ruppe il silenzio quando dalla bocca centrale mandò fuori una specie di muggito lungo lungo. Dalle altre bocche, subito dopo, uscirono suoni diversi: miagolii, guaiti, grugniti, nitriti, boati, barriti e alfine con voce più tenue, di innocenza, una fila di belati, come tre agnelli piangessero, sperduti.

Le voci del male! del male che sa tutte le maniere per trarre in inganno le sue vittime.

Era vicino ormai.

Pipino lo squadrò levando il capo, tenendo dietro la schiena ambo le mani, che stringevano l'arma liberatrice. Voi sapete quale fosse quell'arma.

Il drago rise questa volta sgangheratamente poiché aveva visto il suo assalitore. Rise, rise, rise...

Il re di Paidopoli per metà svenne e si strinse al parafulmine tanto da smuoverlo un poco.

Pipino cominciò a fare il mulinello con la pipa. Il drago sempre più rideva, avanzando come avesse intenzione di attanagliare il nano dentro una delle bocche aperte e stritolarlo coi denti.

Eccoli vicini, vicini. Il mostro non ne può più, scoppia ancora in una risata beffarda chinando la testa fino a terra per guardare Pipino. Un attimo, un solo attimo trascorse. Pipino approfittò di quella risata, spiccò un salto, si piantò su due piedi, baciò la pipa, la levò, la lasciò ricadere tre volte.

— Tac! Tac! Tac!

Tre colpetti sui tre cervelli.

Il drago si contorse, s'irrigidì, stecchito, con le teste boccheggianti sul terreno.

Pipino, allora, salì in groppa al mostro ucciso, accese la pipa e fumando attese che i cinquemila fanciulli discendessero a uno a uno dai tetti. Ma, volgendo gli occhi al cielo, vide venire verso di lui l'uccellino bianco, l'ambasciatore delle fate. Quali notizie portava?

Alla morte del drago seguì un effetto sorprendente. Subito i fanciulli provarono nel cuore i segni della liberazione, cioè un rimorso profondo per il tempo perduto, una vergogna enorme dell'ubbidienza prestata allo spirito maligno e un desiderio immenso di tornare al bene. Scese per il primo il re di Paidopoli, che ormai possiamo chiamare exre; si presentò a Pipino a capo basso, con gli occhi a terra, rosso in viso da far pietà. Pipino, abbandonato il corpo del mostro, si era recato fino alla porta principale, certissimo che tutti i cittadini l'avrebbero subito cercato colà, pronti a partire. Avvenne proprio così. Fu una processione di ore ed ore: quando la folla crebbe di numero tanto da far comprendere che nessuno mancava, il liberatore prese la parola:

— Dio vi benedica, ragazzi; tornate a casa. Vi è concesso un perdono intero. Il tempo trascorso a Paidopoli, e sono anni, lo riguadagnerete subito come nulla fosse. Ecco: siete ragazzi come al giorno che lasciaste le vostre case. Vi aspettano le mamme (si udirono cinquemila singhiozzi). Siate buoni, buoni, buoni. Una cosa vi raccomando: non crediate che lo studio sia l'unico merito. I libri sono carta, non altro: invece la bontà è oro, cioè tutto. L'uccellino bianco, qui presente sul mio dito mignolo, volerà subito dalle fate per ottenere che tolgano via le distanze fra voi e i genitori. Fra pochi istanti giungerete a casa. Ed ora addio, cari; ricordatevi di me. L'uccellino spiccò il volo, entrò nel cielo e non si vide più. Cominciarono le tenerezze del commiato, accompagnate da promesse, singhiozzi e giuramenti. Senza barba, senza baffi, rosei, paffuttelli, svelti e graziosi, i fanciulli abbracciavano Pipino e si avviavano senza indugi. Le ultime parole, che dicevano volgendosi indietro, erano queste:

— Grazie, Pipino, addio. Non studieremo troppo, sta sicuro e saremo buoni.

D'un tratto Pipino si sentì stanchissimo: non gli bastavano più le forze per abbracciare i partenti e render loro i baci che riceveva. Disse:

— Da bravi, baciate, invece di me, la mia pipa: io non sono di legno e consumerei prima che voi aveste finito di salutarmi.

Fu compreso e ubbidito. La pipa maternamente ricevette baci su baci e disse tante volte addio quante non si potrebbe raccontare.

E i fanciulli sparivano, sparivano a uno a uno, incalzati dalla volontà infrenabile di rivedere le loro mamme. Chi di qua, chi di là cercava la via di casa, mentre le fate, intervenendo ora per questo ora per quello, compievano il prodigio di trasportarli ai loro paesi.

Tramontava il sole quando Pipino si trovò solo e triste. Gli parve che qualcosa gli fosse venuta a mancare; per poco non pianse. Guardò lontano scostandosi dalle mura di Paidopoli; non scorse più traccia alcuna dei viaggiatori; vide invece, cosa strana ma consolante, volteggiare in aria una piuma dell'uccellino. L'aveva certo perduta volando in fretta per eseguire il suo comando. Era una piuma di seta, morbida, candida come un fiocco di neve. Pipino cercò di pigliarla a volo; gli sfuggì una, due, tre volte. Il grillo, ch'era stato fino a quell'ora sul corpo del drago a schernirlo di tutte le risate in faccia, patite un giorno, tornava in quell'istante. Naturalmente prese la piuma e la porse a Pipino.

— Che facciamo, mamma?

— Figlio mio, — rispose la pipa — crederei opportuno di rientrare in città.

— Sì: rientriamo. Ho appetito di due ova ben panciute. Ma la città è vuota, mamma, che tristezza!

Altro che vuota. Non c'era più. Camminarono venti minuti e le mura non apparivano. Camminarono mezz'ora; niente di nuovo. Il grillo corse, volò, saltò, esplorò: nulla. Lo stupore fu grande, perché Pipino comprese essere questa una giustissima opera delle fate. Salvati i fanciulli, che ci stava più a fare Paidopoli?

— Sì — ripensò in cuore — è giusto.

D'altra parte, un po' di pace solitaria gli faceva bene dopo una serie di anni consumati nella baraonda cittadina. Si ritrovava in aperta campagna come una volta, povero, libero, con la pipa e col grillo. Parlerebbe ancora con le piante e coi fiori. Il sole era tramontato del tutto: l'aria imbrunì. Pipino, fatta una sosta, mangiò due ova ben panciute, poi riprese il cammino in cerca di una pianta: trovò un olivo, presso il cui tronco decise di passare la notte. Il silenzio grande pareva che avvicinasse le stelle, invitava a sognare con tanta dolcezza, che il nano credette sognare veramente allorché udì una musica di campanelle. Che poteva essere? Ascoltò meglio e comprese: una mandria di agnelli. Erano forse mille. L'aria tremava di mille beeee... beeee... beeee... I belati si succedevano uno nell'altro come uscissero da una gola unica. Crescendo la notte, i belati aumentarono più tremebondi, pareva che domandassero col pianto in gola: — Perchééééé?... ééé?... — Poi dai monti si levò la luna. Pensate: la terra nera: la mandra bianca: il cielo azzurro chiaro. La mandra a poca distanza a un segnale si fermò; il pastore scese da cavallo, tolse a questo la sella, poi, fattasene guanciale, si sdraiò per dormire. Cessarono i belati. Pipino, intenerito, accese la pipa. D'un tratto, il coro dei grilli intonò l'orchestra. Il grillo di Pipino esclamò:

— Oh! i miei fratelli! Canto anch'io!

E subito si unì fraternamente all'orchestra con dei cri cri giulivi, serrati quali non aveva cantato mai. Pipino fumava contemplando, e non fu piccola la sua meraviglia nel vedere uscire dalla mandra un agnello e camminare verso di lui. Si rizzò per vedere meglio. Non c'era dubbio. Allora la meraviglia cedette il posto ad una tenera contentezza. Ed aspettò. Nel bianco lume della luna, mentre il pastore imbaccuccato dormiva con la testa appoggiata alla sella del cavallo, piano, piano, senza belare, con un po' di tremito nelle gambe, l'agnello giunse presso l'olivo. Fece un inchino e belò sottovoce:

— Buona notte, signore!

— Benvenuto, amico — rispose il nano. — Sono ben lieto della tua visita. Come stai?

L'agnello, che era da latte ancora, sospirò leggermente porgendo a Pipino la zampetta anteriore destra, quindi parlò:

— Tu, che sei così piccolo uomo, molto più piccolo di Mastò, il nostro cane, molto più piccolo del nostro pastore Aligi e del nostro padrone Gennaro e di tutti i suoi bimbi, tu, dimmi un po' chi sei?

— Io sono Pipino girovago: vivo fra il cielo e la terra, solo con la mia mamma e cerco amici.

— Sei buono?

— Credo di sì; vorrei essere innocente come te, sebbene gli uomini non amino, per abitudine, l'innocenza.

— Non fai del male alle creature?

— No, agnellino, mai.

— Non porti con te delle armi che fanno i buchi nel corpo che poi esce il sangue e bisogna morire? Tutti gli uomini che io conosco portano armi cattive: cioè il bastone tac, il bastone buum (fucile) ed il bastoncino che luccica (coltello). Che paura.

— Rassicurati, caro, io non uso armi, né quelle tac, né quelle buum.

— Nemmeno il bastoncino che luccica e sta nelle tasche?

— No.

— Lasciati frugare e poi saremo amici.

Pipino si lasciò frugare. L'agnello con l'una e l'altra zampa gli frugò nelle tasche e in seno senza trovar nulla. Allora sospirò di gioia, abbracciando espansivamente il nuovo amico, e gli rispose:

— Perché non diventi pastore di agnelli? Il nostro padrone cerca un pastore. Tu saresti buono con noi, teneri e fragili. Io, vedi, ho venti giorni; succhio ancora il latte, e non mangio l'erba. Vuoi?

— Accetto. Domani ne parleremo — concluse subito il nano.

— No, bisogna parlarne subito.

— Con te? Ma non sei tu il padrone.

— È vero, Pipino: ma io ti voglio presentare a Mastò, il cane nostro: egli può molto; è un pezzo grosso.

— E va bene. Chiamalo pure.

Sotto la luna si mosse l'ombra dell'agnello, che correva alla volta di Mastò eretto sopra un rialzo di terreno, in vedetta. Poi si videro due ombre trotterellare alla volta di Pipino, soddisfatto in cuor suo dell'impiego mandato a lui dalla Provvidenza. Depose la pipa per ricevere con degne accoglienze il nuovo visitatore. Mastò, barbone di quattro anni, dal pelo lungo fino a terra, armato di zampe ungulate con due occhi neri fosforescenti, dopo una leccata ai propri baffi lunghi ed acuti, sedette e offrì la zampa al nostro nano. L'agnello sorrise di compiacenza facendo gli onori di casa.

— Onorevole Mastò, i miei ossequi — disse Pipino. E il cane a lui:

— Poche parole: il dovere mi chiama laggiù dove la mandra è più esposta al pericolo. Volete diventare pastore?

— Sì, Mastò.

— Qua la mano e la cosa è fatta. Mi fido di voi. A domani.

Se ne andò subito di corsa scomparendo dietro un cespuglio.

Il giorno dopo, Pipino seguì la mandra, parlò col pastore, uomo semplice quasi come un agnello, conobbe il padrone, che non ebbe difficoltà a riceverlo. Il villaggio era sul pendio di un monte, composto tutto di capanne e ovili. Vivevano lassù dodici famiglie di montanari nella più tranquilla semplicità. Pipino ci si trovò bene, perché nessuno lo costrinse a far cose contrarie alla sua natura di uomo buono. All'alba si metteva a capo della mandra assegnata a lui, di cento agnelli: la guidava al pascolo. Mastò e il grillo, diventati amici, lo accompagnavano e fino a sera la vita scorreva beata. Cosa faceva in quelle ore? Pipino pensava a tante cose e fumava la pipa, ricordando i fanciulli di Paidopoli; aspettava che l'uccellino si compiacesse di visitarlo. Immaginava anche quale sarebbe il suo viaggio verso la dimora delle fate: viaggio unico al mondo, destinato a lui.

A sera, tornato alle capanne (qualche volta, stanco, tornava a cavallo di Mastò) si tratteneva coi bimbi dei pastori. Non erano pochi: sei per ogni famiglia, cioè

$6 \times 12 = 72$.

Pipino insegnava loro a parlare.

Così, passarono nel riposo tre anni. Al quarto anno, i pastori lo pregarono, visto il suo amore per i bimbi, di fare il maestro di scuola. Fu una trovata magnifica! Che gioia! Egli accettò anche questo nuovo impiego.

Ma volle tempo a sua disposizione per prepararsi. Gli occorreva un alfabeto: non quello solito, uno tutto suo. E cominciò a pensare.

Stava appunto immerso nella ricerca dell'alfabeto, un giorno, presso un ruscello limpidissimo. Si guardò nello specchio dell'acqua e si accorse che il suo volto era ormai quello di un uomo quasi giovane, nel pieno vigore delle forze, sempre più florido.

— Mamma, — disse — sono commosso: mi faccio bello. Non sono più il vecchietto di una volta. — La pipa rise. Intanto gli venivano incontro festosi i settantadue allievi, color di rosa e latte. — Evviva Pipino maestro di scuola! — Lo vedremo all'opera. Ma purtroppo lo aspettava una sventura...

Bella la scuola di Pipino, sotto un melo gigantesco, da cui nell'autunno pendevano i frutti, rubicondi come i visini dei settantadue alunni! Le cose andavano benissimo perché non si parlava mai né di libri, né di quaderni, né di compiti, né di lezioni. Pipino faceva la scuola con l'alfabeto dell'anima scoperto da lui. Ora vi dico subito come funzionava l'alfabeto dell'anima. Quando la scolaresca seduta in giro sulle foglie cadute dal melo era pronta, Pipino prendeva posto nel centro, ritto sopra un ceppo di castagno. Prima guardava a uno a uno i bimbi, tutti slattati da poco, sui due, tre o quattro anni; tutti con la cuffietta legata sotto il mento, tutti, maschi e femmine, vestiti alla meglio, da poveretti, con abiti sproporzionati alle loro fattezze; poi rivolgeva due domande, sempre le medesime:

— Chi vi ha creato? — Mi ha cleato Dio. — Qual'è la cosa più bella in questo mondo? — La risposta giungeva sulle ali di un coro slegato: — La cogia più bella in tuetto mondo è Amole. — I più grandicelli pronunciavano addirittura: — Amore. — Ci voleva un quarto d'ora perché tutti rispondessero. Dopo, Pipino ne chiamava due. I due chiamati, prima si guardavano l'un l'altro senza concludere. Quando Pipino ripeteva la chiamata si alzavano col dito in bocca, camminavano lenti, tenendosi per mano fino al ceppo che serviva da cattedra al maestro. Gli altri, attenti, con gli occhioni sgranati e pieni di luce. Il maestro faceva chinare un ramo dell'albero, ne spiccava una mela che subito offriva a uno qualunque dei due allievi. Allora il silenzio lasciava udire il fruscio delle foglie e il passo delle formiche. I settanta alunni, col loro ditino in bocca, seguivano le mosse del compagno ricevitore del frutto. Ma quello che gli stava vicino a mani vuote, quello lì, poveretto, pur senza dir nulla, non si dava pace di non potere stendere la mano sulla mela: guardava, inclinando la testa sempre più, sempre più, finché il dolore traboccando gli strappava le lacrime. L'altro, come sentisse un vicino pericolo, prontamente addentava il frutto.

Pipino a questo punto gridava: — uno, due, tre, alt! — e il mangiatore restava immobile col viso eretto, la mela in mano sbocconcellata, e la bocca piena.

— Bisogna aiutarsi: bisogna dare agli altri una parte di quello che si ha: non bisogna far piangere nessuno.

Le parole di Pipino ottenevano ottimo risultato. Il bimbo divideva la mela col suo compagno al quale asciugava pure il volto umido di lacrime. E così finiva la lezione, cioè una delle tante lezioni fatte con l'alfabeto dell'anima.

Quando Pipino scendeva dal ceppo, tutti i suoi alunni lo acclamavano ringraziando: — Glazie, buon giolno, calo maestlo. — Gli volevano un bene immenso, lo accompagnavano a passeggio, gli caricavano la pipa, lo sognavano di notte.

La vita fra quei monti scorreva limpida come l'acqua dei ruscelli. C'era una chiesetta dove Pipino, la domenica, passava un'ora in preghiere, grato a Dio che non lo abbandonava mai. Anche i parenti dei suoi alunni si ritenevano fortunati che fosse giunto lassù un uomo tanto benefico, meravigliati in sommo grado nel vedere come il nano, senza annoiarsi mai, trovava da per tutto occasione per lavorare, per discorrere, per farsi amare. Mastò il cane, stanco di vecchiaia, veniva spesso dall'amico Pipino a narrargli come era scorsa la sua vita, quante volte aveva cacciati i ladri, quante volte aveva ferito altri cani assalitori; perfino un lupo era fuggito dinnanzi a lui.

Solo uno degli amici non era tornato più: l'agnellino, quello che temeva il bastone buum e il bastone tac. Pipino ne chiese a Mastò. Dolorosa fu la risposta. L'agnellino con tutti i suoi fratelli da parecchi mesi era ben lontano da questo mondo. La sua dolce vita pur così breve era finita sotto il coltello del beccaio. Maestò spiegò a Pipino per filo e per segno chi fosse il beccaio, l'uomo crudelissimo che veniva ogni sei mesi a comprare centinaia di agnelli per guidarli al macello dove li squartava.

Allora Pipino capì la sorte lagrimevole che tocca alle creature innocenti. Giorni dopo, infatti, salì alle capanne l'uomo feroce. Egli lo vide, lo osservò, lo seguì mentre col padrone della mandra contrattava il prezzo delle vittime. Era un uomo alto, tarchiato, poderoso. Figuratevi il nano vicino a lui! Così alto era che Pipino più di una volta gli passò svelto tra le gambe senza esser visto. Quello sì che portava il bastone buum e il bastone tac: di coltelli ne aveva tutta una cintura, luccicante.

Non si trattenne lungo tempo: pagò e dopo aver pranzato mosse con duecento agnelli verso la valle. Pipino salì sul suo ceppo col cuore pieno di angoscia per vederli partire. E in verità stringevano il cuore quei duecento belati tremebondi come singhiozzi lunghi. Gli agnelli sentivano, sapevano di abbandonare per sempre le loro mamme, le loro stalle, i bei pascoli verdi, il buon cane! Sapevano di andare alla morte perché i coltellacci lucenti del beccaio parlavano chiaro. Lo stesso giorno, siccome faceva freddo, partirono tutte le mandre. Restarono alle capanne soltanto alcuni pastori coi figli e Pipino. L'inverno era entrato; nella medesima notte nevicò. E la bella neve che Pipino durante il suo soggiorno in montagna da ben cinque anni aveva imparato a conoscere, la bella neve lo avrebbe un po' consolato degli agnelli, se, rincasando, non si fosse accorto — povero Pipino! — che gli mancava la pipa, la sua adorata mamma pipa. Mandò un grido levando al cielo le braccia, disperatamente. Poi ebbe un momento di pace. Non volle credere a tanta sciagura. Come! Pipino senza pipa! Impossibile! No, no, no. Non poteva e non doveva essere. Si diede alla ricerca dentro le capanne, dentro gli olivi; ne chiese ai pastori; guardò in terra, in aria, in cielo, niente. Allora il cuore gli si aprì e dovette piangere. Eccolo, con la testa abbandonata sul ceppo, nel luogo della scuola, che trema di singhiozzi. Pensava: — Io non l'ho abbandonata; l'amai sempre; sarei morto prima di addolorarla: neppure lei mi avrebbe lasciato mai! — E giù singhiozzi.

E nevicava, nevicava forte, a larghe falde stellate, silenziose. Pipino, intirizzito, smise di piangere e levò la testa. Era senza cappello. La neve sulla sua chioma nera pareva una corona d'argento. Tutta la sua persona biancheggiava. Si scosse e camminò verso i pascoli con la speranza di ritrovare la mamma. Nel silenzio, di quando in quando, la chiamava: — Mamma pipa, lasciati trovare. Mamma! Mamma!

Certo la sua desolazione era grande. Quando manca la madre, il cuore del figliuolo resta vuoto, di un vuoto senza fine, che tutte le lacrime del mondo non potrebbero riempire. Per lui, Pipino, la sciagura pareva anche più grande. Non si era staccato mai dalla sua pipa, l'aveva avuta mamma, sorella, e compagna dolcissima. Egli andava come folle sotto la neve, rattrappito dal freddo, alitandosi ogni tanto sulle mani crepate dai geloni. Non incontrava nessuno, altro che neve: neve in terra, neve in aria, neve intorno. La neve era l'anima della montagna, era il colore delle cose. Le forze, ora non lo lasciavano, per fortuna. Aveva trentacinque anni; abituato da tempo alla vita alpestre, saliva e scendeva per i sentieri di ghiaccio, non cadeva mai, sapeva fermare a tempo il passo con un colpo di garretto nei luoghi pericolosi. E la pipa non si vedeva. Se anche fosse stata in quelle vicinanze sepolta nella neve, chi l'avrebbe vista? Fatta questa considerazione, Pipino riprese la via delle capanne. Egli era buono, lo sapete, ed aveva il coraggio di mettere il dovere al di sopra del suo dolore. Qual era il suo dovere? La mattina, faceva scuola, e cioè prima di tutto insegnava, col catechismo alla mano, come, nel Paradiso terrestre, l'uomo, per aver disubbidito ai comandi di Dio, fosse caduto nella infelicità, e come poi Gesù Cristo era disceso in terra, ed aveva patito, ed era morto sul Calvario, ed era risuscitato per recare al Padre il riscatto delle colpe umane; quindi commentava alle piccole menti le bellezze del Creato, e l'albe e i tramonti, e il succedersi delle stagioni, e i miracoli dei fiori e dei frutti, e i primi segreti della parola, dono divino. La sera, intratteneva i settantadue bambini con dei racconti di fate. Figuratevi: col cuore rotto dalla disperazione, col pensiero rivolto alla mamma, egli affrettò il passo per giungere in tempo a divertire i bimbi con un racconto soave. Infatti, i bimbi, che male avevano commesso per privarli del solito premio? Piangesse pure Pipino: si sa, il dolore è fatto per i grandi; ai bimbi bisogna sempre dare un po' di festa. Con queste idee Pipino arrivò, carico di neve, alle capanne. I pastori inquieti della sua assenza, lo abbracciarono e i loro figli fecero altrettanto. D'un tratto, mentre tutti stavano raccolti attorno al fuoco, uno dei pastori si avvide che mancava pure Mastò. Uscì a chiamarlo sulla porta della capanna: Mastò! Mastòooo! La voce gagliarda dell'uomo moriva tra i fiocchi di neve, quasi subito come gelasse per aria. Lo cercarono per un'ora inutilmente. Era notte. Che fare? decisero di attenderlo, sicuri di riaverlo, perché i cani fedeli trovano sempre la via del ritorno. E Pipino cominciò a raccontare frenando le lacrime. Narrò di una pipa smarrita nella neve, sepolta da una valanga, morta di dolore per la perdita del figlio. Narrò quella sera, con parole così tenere che tutti piangevano, anche i babbi, anche le mamme. I bimbi poi, uno a uno presero sonno nelle loro culle sognando la mamma di Pipino, che si trovava in fondo alla valle. Quando anche i padroni furono a letto, Pipino solo vegliava davanti al fuoco. Pensava: — Questa notte manca Mastò, farò io la guardia. — Erano forse le due quando la porta scrollata tremò.

— I ladri? No. — Pipino ascoltò meglio. Erano zampate furiose. Si avvicinò meglio; udì un respiro accelerato, affannato. Lui. Mastò. Pipino tolse la spranga, aprì la porta, e il cane entrò con un salto. Pipino vide, svide, e cadde in ginocchio abbracciando il collo di Mastò che aveva riportato la pipa sana e salva.

— Benedetto amico: ora comprendo il perché della tua fuga. Grazie. Tu mi rendi la mamma e io ti offro la mia vita.

Il cane, con la lingua fuori, fradicio di neve, col pelo tutto bianco, trafelava. La pipa, anch'essa umida e bianca, si riscaldò ai baci del figlio mormorando poche parole, piene di spavento.

— Mastò — chiese Pipino — dove l'hai trovata?

— Ora te lo dico. Il beccaio, questa mattina, te l'aveva rubata. Io che stavo a zonzo lo vidi passare fumando. Tu eri sul ceppo che salutavi gli agnelli. Compresi che, se non lo seguivo, tu avresti pianto tutta la vita senza riveder più la tua mamma. Lo seguii fino a valle e non appena egli la posò un istante, la presi in bocca e via, di corsa, sotto la bufera. Eccomi qui. Sei contento?

Il nano ancora una volta lo baciò in fronte, poi gli diede molto pane.

Tutti dormivano. La pipa, intanto, felice di essere ricongiunta al figlio, volle ammannirgli due ova ben panciute. Pipino le mangiò e poi fumò sempre accanto al fuoco che illuminava gran parte delle capanne. Il giorno dopo, l'allegria fu completa per il ritorno di Mastò. Non si fece scuola. I bambini costruirono con la neve una statua che rappresentava Pipino: la costruirono proprio sul ceppo. Dopo vennero sbucciate trecentoventi castagne per la sera. Così la pace soave fu ristabilita dopo tanto dolore. Passarono i mesi dell'inverno. Ma una novità sopraggiunse, una novità che aveva del bello e del brutto. Una sera, Pipino volle raccontare una novella di fate e non ci riuscì. Cominciò dieci volte senza poter continuare. Gli mancava la fantasia. I bimbi, addolorati, piangevano, qualcuno faceva la bizza. Pipino comprese.

Perché non poteva parlar delle fate? Perché erano morte. Sì, questa volta erano proprio morte. Difatti, l'uccellino bianco improvvisamente si presentò a confermare la notizia e a invitare Pipino a mettersi in viaggio.

— Mamma, — disse — bisogna partire.

— Sì — rispose la pipa: — bisogna che tu intraprenda un lungo viaggio con mille bambini fino in Oriente dove stanno le fate defunte.

I pastori non volevano che Pipino li lasciasse. Egli li persuase a lasciarlo partire, tra un mese.

Ma come trovare mille bambini?

PIPINO È SOLO E CERCA MILLE BAMBINI.
L'AIUTO DEL GRILLO. LA MELAGRANA SPACCATA

Sperare bisogna e Pipino sperò. Mille bambini gli occorrevano e non sapeva dove trovarli. Settantadue sarebbero stati pronti e felici di mettersi in viaggio, voglio dire quelli dei pastori, ma non erano tutti. Ne mancavano 928, perché mille meno settantadue fa appunto 928. E allora? Quanto meglio gli sarebbe riuscito di trovare mille grilli come il suo compagno! Ad ogni modo, comprese la necessità di partire e di abbandonare le capanne pastorali, dove alcuni anni della sua vita erano trascorsi in così soave tranquillità. Una nuova tristezza, dunque. Eppure, non c'era rimedio. Ogni tanto durante il pellegrinaggio che l'uomo compie in questo mondo bisogna lasciar persone care, abbracciarsi, salutarsi per sempre, con le lagrime agli occhi.
Pipino si fece cuore, molto cuore, e una bella mattina di maggio cominciò la discesa verso la valle con la pipa in tasca. Lungo la strada, a mano a mano che il declivio, sempre meno aspro, diventava più facile, apparivano prati più verdi, fiori più numerosi, boschi più folti. Al suo fianco scendevano pure due ruscelli freschi, vividi, loquaci come due scolaretti che avessero marinata la scuola.
Tutti quei luoghi conoscevano Pipino, e, nel vederlo partire solo e mesto, provavano anch'essi una grande malinconia.
Verso sera, il grillo, uscito dalla pipa, ricordò al padrone che era ormai tempo di ristorare le forze.
— È vero — disse Pipino — quasi me ne scordavo. Mangiò due ova, seduto sopra un sasso, mentre la notte calava nella valle e in cielo sgorgavano le stelle. Poi chiese consiglio alla sua mamma:
— Come fare, mamma pipa? Devo errare per città e campagne raccogliendo bambini da tutte le parti? Così facendo, perderò un tempo preziosissimo. E poi bisogna che io metta assieme bambini di popoli diversi, affinché possano rappresentare molte parti del mondo. Come fare? Nemmeno posso andarmene in America, in Africa e altrove, piccolo e solo come sono io, senza protezioni, specialmente ora che le fate sono morte...
— Hai ragione, figlio mio — rispose la pipa. — Però conserva la speranza. Da questo impiccio devi uscire e uscirai. Tu dici che ti mancano protezioni e non è vero. In questo hai torto. Ricorda come a Paidopoli uccidesti il drago, ricorda i begli anni passati in pace tra gli agnelli.
— Ma le fate erano vive, allora; mentre ora sono morte.
— Non importa: esse certamente han disposto perché tu raggiunga la tua meta. Spera, spera, spera.
Pipino si rincorò. Il giorno dopo attraversarono alcuni villaggi, incontrarono molti bambini, tutti imbronciati e tristi in volto. Si capiva che avevano richiesto invano dalle nonne un racconto meraviglioso. Incontrarono anche alcuni vecchierelli pensosi e col capo chino, come la morte li aspettasse da un momento all'altro. Si capiva che la loro tristezza era causata dal non poter più ricreare, narrando, i loro nipotini. Una vecchietta fra le altre, che faceva legna in un bosco, sedette desolatamente sopra un fastello e ruppe a piangere. Pipino la vide da lontano: comprese subito, e il cuore dalla pietà gli batté forte forte nel petto.
Ma non si fermò. Era inutile. Ormai occorreva non perdere tempo. La fata che anni addietro gli era apparsa in sogno aveva detto:
— Se tu verrai a visitare il nostro sepolcro... forse...
— Forse... Forse... Che cosa?
La pipa ebbe un'idea e la disse subito:
— Pipino mio, tu non devi cercare i mille bambini qua e là; devi trovarli tutti in una volta.
— Ma dove? Tutti in una volta, dici bene, ma io li voglio di popoli diversi.
— Saranno di popoli diversi.

— E come?

— Vedrai, Pipino. Sarà così, sento che sarà così. Ora fumiamo.

— Esci, grillo — pregò Pipino — perché dobbiamo fumare.

Il grillo uscì, pigliando il volo per la campagna. Quando tornò, due ore dopo, il buon grillo non la finiva di saltare con esultanza infrenabile ora sulla pipa, ora sul naso di Pipino: anzi saltava precisamente dalla pipa al naso di Pipino e viceversa, cosicché a mala pena il nano faceva a tempo a levar la mano per liberarsene che già il grillo fuggiva e tornava. Per qualche minuto la cosa fu comica; finalmente il problema misterioso venne spiegato.

— Pipino, ho trovato quello che cerchi.

— Davvero?! Mille bambini?

— No.

— Allora mi burli.

— No.

— Insomma mi aiuti sul serio oppure no?

— Sì... Cri...

— E spiegati alla buon'ora! Io sto sulle spine. Che hai trovato?

— Una pianta.

— Bene — disse la pipa. Pipino soggiunse:

— Io non capisco più nulla. Voglio mille bambini e il grillo scopre una pianta. A che mi serve? A nulla. E mia madre dice che va bene... Grillo, sii buono: o taci o parla di cose serie. Che me ne faccio della pianta?

— È una pianta di melagrane, cioè un melagrano il quale non porta che un frutto solo, ma ti dico io così grosso, che cento uniti non lo uguaglierebbero. Pende sforzando il ramo, che quasi non lo sostiene più. Vieni a vederlo.

— E perché?

— Perché sì.

La pipa approvò le proposte del grillo; secondo lei bisognava raggiungere il melagrano meraviglioso, fermarsi, aspettare colà un avvenimento importante. Andarono. Il grillo non aveva mentito. In verità il melagrano era gigante e un solo frutto pendeva dai suoi rami. Guardarono, guardarono, senza poter frenare la meraviglia.

— Così va bene — conchiuse subito la pipa. — Fermiamoci qui.

Pipino non osò opporsi al volere della madre, ma non trovava nella sua mente una spiegazione a ciò che vedeva succedere. Solo due giorni dopo, mentre appunto stava col naso in su in contemplazione dell'unica melagrana, col pericolo che, essendo quella matura, gli cadesse sulla testa da un momento all'altro, solo due giorni dopo cominciò a sperare che la pianta meravigliosa non fosse inutile al suo viaggio. Infatti, nel frutto grosso e pendulo c'era una leggera spaccatura, la quale a poco a poco si allargava sempre.

— Mamma, — disse — mamma, io spero.

— Te l'avevo detto io.

Figuratevi la baldanza del grillo. Cri cri cri... cri cri cri... Empiva della sua voce tutto quel lembo di campagna.

Una mattina un tonfo fa balzare Pipino. Un tonfo secco. Il frutto era caduto spaccandosi. Dopo il balzo Pipino indietreggiò, poi si avanzò, gesticolando. Chi avrebbe creduto alla propria vista?

La melagrana spaccata era là, ma senza chicchi; invece di chicchi, mille bambini seduti in giro sull'orlo, guardavano la luce del sole. Tutti freschi, rosei, di varia età, piccoli, svelti, furbi, diavoletti.

Pipino li mostrò alla mamma, poi si avvicinò felice a stringere a ciascuno di essi il ganascino. Eccoli i compagni del suo viaggio: eccoli i mille birichini, che con l'anima serena avrebbero recato omaggio alle fate in nome di tutti i bimbi del mondo; eccoli, eccoli! Disse:

— Per ora li chiamerò: melagranini.

Bisognava trattenerli che non fuggissero; bisognava divertirli per renderseli grati. Il grillo si offrì a divertirli tutti e volò in mezzo a loro. Tutti si alzarono. Il grillo spiccò un altro volo sul prato, e i melagranini, dietro a lui, tutti mille!

Pipino a vederli scoppiava di felicità. Si levò il cappello e pregò volto al cielo, col cuore pieno di riconoscenza.

— Domani in viaggio — pensò.

Sì, era vero. Domani sarebbero partiti, ma come trovare il cibo per nutrirli tutti?

A questa idea, Pipino si grattò in testa.

— In fila! — ordinò Pipino. — I mille ragazzi spinti, non si sa come, da un desiderio di ubbidienza, si schierarono e a un altro ordine si misero in marcia. Ce n'era di tutte le età, di tutte le nazioni, di tutti i colori. Quelli biondi brillavano come enormi spighe di grano ben maturate dal sole.

Pipino, davanti a tutti, si consigliava con la pipa sul modo di trovare il cibo per mille bocche. E la pipa rispondeva:

— Non ci pensare. Nello stesso modo che procuro a te le ova panciute, anche essi potranno avere quante ova possono desiderare.

— Oh mamma mia, ma sei tu ben sicura di far tante ova quante ne occorrono? Se calcoli di darne loro quattro al giorno, sono quattromila ova al giorno che tu devi produrre; aggiungi le quattro destinate a me e saranno quattromila e quattro. Aggiungi ancora che non sappiamo quanto durerà il viaggio. Come farai, madre mia? Come farai?

— Farò delle ova continuamente.

— Sta bene, ma dove, ma quando? Di giorno si cammina e di notte tutti, e tu pure, bisogna riposare.

— Hai ragione, figlio mio: mi viene ancora un'idea luminosa.

— Parla, mamma.

— Faremo così: io non resterò sempre con te, in tasca o a tracolla; non sapresti dove metterle le ova che io mi preparo a produrre continuamente, senza interruzione; invece, io passerò dall'uno all'altro ragazzino, lasciando a ciascuno in mano le ova che gli spettano. Ti pare che vada bene così?

— Benissimo, meravigliosamente. Ma ci vorrà pure del pane e dove lo troverò?

— Non lo so, Pipino. Non lo so. Pur tuttavia, ho fiducia vivissima che avremo in abbondanza anche del pane.

— Speriamolo.

Intanto, la schiera dei bambini procedeva con ordine, ora serrati, ora sparsi, discorrevano con animazione narrandosi l'un l'altro le proprie vicende: chi parlava delle fate e piangeva la loro morte, chi preferiva narrare le sue birichinate di scuola, chi raccontava avventure di famiglia, chi diceva ad alta voce di odiare lo studio. L'uccellino bianco, non si sa come, era riuscito a far loro comprendere la bontà e l'importanza di Pipino nel mondo e per questo lo riverivano e si mostravano superbi di averlo come condottiero. Certo era cosa bella e commovente il passaggio dei mille bambini che andavano a salutare le fate morte nel loro lontanissimo paese. Essi compievano un pellegrinaggio di pietà e di riconoscenza. Essi rappresentavano gli uomini di tutto il mondo, quelli morti, quelli vivi e quelli che nasceranno poi, rappresentavano il desiderio e il bisogno che abbiamo tutti di sognare delle cose belle con la fantasia, per dimenticare i dolori, per riposare dalle fatiche, per essere più buoni e meno cattivi. La fantasia serve anche a sperare e la speranza è il pane dell'anima.

La terra fioriva sotto i piedi del piccolo e grande esercito infantile, le piante bisbigliavano con le frondi parole di tenerezza, la luce illuminava i mille volti deliziosamente.

Quando attraversavano villaggi, un gran silenzio si faceva subito intorno a loro, le strade per incanto apparivano sgombre ed essi passavano. Pipino sempre alla testa.

Per una serie di giorni, tutto andò bene. La pipa, lavorando infaticabilmente a produrre ova, saziava le mille bocche: l'acqua delle fonti e dei ruscelli le dissetava, l'aria accresceva lena alle duemila gambe, e, avanti!

Ma, come sempre accade, alcuni non tardarono a distinguersi come vivaci monelli. Un certo Lauretto, un italiano, fu il primo a impensierire Pipino. Questo Lauretto aveva l'abitudine, strana in verità, di crescere a vista d'occhio. Cresceva ogni giorno di qualche centimetro. Immaginate la meraviglia dei 999 compagni e lo sgomento di Pipino il quale, a rovescio, ogni giorno diminuiva un poco la sua statura.

— Che fa Lauretto?

— Cresce — rispondevano tutti in coro.

Lauretto aveva pure un'altra abitudine: cioè di seccare i disgraziati. Incontrava uno zoppo. Egli usciva dalla fila, gli si poneva al fianco dicendogli:

— Perché cammini così? Non vedi la brutta figura che ci fai? Smettila di zoppicare, va dritto sui tuoi piedi. Guarda, io!

E, per colmo di canzonatura, crudele anziché no, gli camminava davanti per mostrare la sua snellezza. Eguale giochetto faceva ai gobbi.

— Perché porti la gobba? Oh che ne fai? Dove l'hai presa? Che c'è dentro? È piena, è vuota? Lasciala cadere: la gobba non è necessaria. Guarda, io! — E mostrava la sua dritta persona.

Vedeva un uomo calvo col cranio pelato come il vetro? E lui si tuffava le mani nei lunghi capelli, li rialzava su la testa gridando: — Brutto calvo, guarda, io!

Pipino non giungeva mai in tempo a sgridarlo: correva, correva, ma Lauretto volava al suo posto lesto come uno scoiattolo.

Fra i melagranini c'erano altri bei tipi. Uno, per esempio, al quale dal troppo studio si era impicciolita la testa in modo incredibile. E non sapeva nulla. Ogni tanto usciva in una risata: È — È — È. Oppure battendo una mano al petto esclamava: — Fra dieci anni vedrete cosa sarò io! È — È — È. — E poi concludeva sempre: — Io morrò o ricco o povero. È — È — È. — Questo si chiamava Mengo, ed era amatissimo per il suo buon cuore.

C'era Ughetto piccolo e carino, un po' nervoso ma ragionatore insuperabile. Quando levava la voce, Pipino faceva un salto dallo spavento. Aveva due occhi pieni di luce e di melanconia davanti ai quali Pipino restava incantato e gli veniva da piangere ogni volta che li carezzava con un bacio. Spesso, trovandosi l'uno vicino all'altro, Ughetto diceva:

— Biddicchiu Pipinu (Bellino Pipino).

— Ughè, tu sei un Angelo.

— Io ti voglio molto bene, o Pipino, e quando sarai vecchio con la barbuzza bianca, io ti conforterò tanto tanto...

— Ma io divento giovane; vecchio lo sono già stato.

— Davvero? E allora? Come farò?

— Consolerai la mia infanzia.

Così procedeva il dialogo pieno di tenerezze, e le parole volavano a nascondersi nei fiori e diventavano soavissimi profumi.

C'era Mariù, un bel maschietto con un ciuffo di capelli neri che gli pendeva sulla fronte e due occhi, davanti ai quali non solo Pipino ma la stessa pipa restava presa da un incanto, come quegli occhi fossero le porte del paradiso.

Mariù passava lunghe ore a pensare. Avrebbe voluto fare del bene a tutti, risuscitare le fate perché i bambini più piccoli di lui riavessero i racconti deliziosi. Pipino da vicino e da lontano lanciava sempre un'occhiata al suo Mariù, gli premeva di seguirlo in tutti i suoi atti e certe volte in segreto esclamava, ponendosi una mano sul cuore: — Quanto è buono! sarà sempre così? Io gli voglio molto bene.

C'era il biondo Antoliseo, vispo come un'ape, una faccina intelligente più che mai. Questo portava al petto una medaglia di bronzo, ricordo commemorativo della terza elementare. La portava con l'intenzione di farne omaggio alle fate.

Ed altri bei tipi che conoscerete in seguito.

Dopo otto giorni, come fu come non fu, Pipino se la vide brutta. Figuratevi che fra i melagranini scoppiò una rivolta, uno sciopero violento, causato naturalmente dai meno buoni. Ora vi dico il perché.

Oltre le uova essi avevano a loro disposizione del pane fresco, biondo, odoroso che ogni giorno veniva loro distribuito in uno dei villaggi che incontravano, grazie all'uccellino bianco il quale volava innanzi a dire: preparate duemila pagnotte per l'esercito della fantasia: cioè i melagranini. E il pane subito era pronto. Ma, un bel giorno, i più ghiotti cominciarono a mormorare: — Vogliamo il dolce. — La voce si sparse, venne a quasi tutti l'acquolina in bocca e urlarono: — Il dolce! il dolce! vogliamo il dolce, se no restiamo qui fermi, e Pipino se ne vada per conto suo.

Proprio come capitò a Cristoforo Colombo, quando in alto mare i marinai si ribellarono, minacciando di abbandonarlo su due piedi.

Povero Pipino! Un'altra prova dura, un'altra ferita al suo nobile cuore. Ma comprese che non bisognava perder tempo in malinconie. Entrò nel tumulto con la pipa in mano, pregando i suoi fanciulli di voler essere buoni, di rimettersi in pace. Niente. Le voci salivano al cielo. I rivoltosi, non potendo rompere i vetri della scuola, se la pigliarono con le piante scorticandole spietatamente, pestarono i fiori e il grano quasi maturo. Uno, il più cattivo, ebbe il coraggio (oh misfatto!) di afferrare la pipa dalle mani di Pipino e lanciarla in alto come un sasso dalla fionda. Pipino a quella vista impallidì, si coprì gli occhi con le mani e pianse sentendosi lacerare il cuore. I buoni non sanno difendersi dalla violenza: essi soffrono in silenzio. Ma non fu abbandonato. Ughè, il piccolino, e Mariù, il pensatore, due anime belle, corsero a Pipino, lo sorressero, gli baciarono le mani per consolarlo. Pipino riebbe subito il suo coraggio e salì sopra una pianta col desiderio ardente di parlare agli scioperanti.

Pipino offriva il petto pronto a lasciarsi ferire. Finalmente fu fatto silenzio e la voce del nano benefattore si udì chiara, distinta, serena:

— Come! Voi per un dolce fate tanto chiasso? Mettete in pericolo il nobile viaggio che noi stiamo compiendo? Vergognatevi! E non sentite la dolcezza che scende al cuore pensando alle fate che vi aspettano, morte, nel loro sepolcro? È un'opera di pietà che state facendo; la volete troncare per il capriccio di gustare la crema o il gelato? Voi, bambini dal cuore vergine, che dovete in avvenire rinnovare col bene l'umanità che ora è cattiva? Avete mai visto i fiori a rivoltarsi, a maledire, a rinnegare il sole? Voi rinnegate la bontà. Dite di volermi abbandonare. Peggio per voi. Andrò io solo. Le fate che potrebbero risuscitare alla vostra vista resteranno morte per sempre. Io pure morrò di dolore per causa vostra. Mi lascerete dunque?...

Queste parole tremavano di pianto. — No! No! — gridarono i melagranini che subito riabbassarono il capo sotto il peso del pentimento.

Ughè e Mariù avevano trovata la pipa e aspettavano che Pipino scendesse per restituirgliela, non senza un bacio.

L'avevano fatta grossa i melagranini, e il rimorso li accompagnò per ben tre mesi. La pipa, dopo lo strazio patito, fu indisposta anch'essa qualche tempo. Sternutiva, tremava come avesse la febbre, e ci volle tutta la bontà sua, tutto il coraggio di cui sono capaci le anime più eroiche perché non sospendesse d'un tratto la sua fabbrica di uova fresche. Pur continuò portando il suo dolore e perdonando ai suoi persecutori. Pipino, cuor d'oro, si rimise subito e tornò sereno e dolce coi suoi melagranini. Il viaggio intanto procedeva bene, senza ostacoli. Avevano ormai attraversato gran parte dell'Alta Italia, costeggiavano lungo il mar Ligure e lungo il mar Tirreno. I mille bambini si divertivano, imparavano, stringevano fra loro amicizie fraterne Quelli francesi si esercitavano nella nostra lingua, così pure quelli delle altre nazioni. Il «Padre nostro», l'«Ave Maria» e il «Credo» rappresentavano il libro di testo per i bimbi di tutte le razze. Ce n'erano otto del Giappone e tre della Cina con tanto di codino, gialli in viso e allegri come mandarini. Dodici erano africani, neri con le labbra rosse, delizia di Pipino e dei compagni. Il grillo stava un po' con tutti e se ne fuggiva quando lo prendeva il desiderio di spaziare fra terra e cielo. Lauretto cresceva sempre, raggiungendo una statura quasi favolosa. Era alto due metri. Un giorno in riva al mare egli solo scoprì una corazzata che tornava dall'America. Lauretto la vedeva e gli altri no. Ed era naturale. Data la rotondità della terra, le navi in alto mare pare che salgano quasi dall'abisso delle acque. E primo le vede colui che sta in alto. Pipino disse a Lauretto:

— Prendimi tra le braccia ed innalzami quanto puoi: voglio vedere anch'io la corazzata.

Lauretto subito acconsentì e Pipino parve addirittura prendere il volo. Ritto sulle palme di Lauretto, ammirò, si commosse e poi, scopertosi il capo, sventolò il suo cappello, gridando: — Viva l'Italia!

Tutti i melagranini ripeterono il grido e la nostra patria fremette di gioia, le sue marine baciarono le sponde e i rosai di tutta la riviera in quel momento espressero una rosa di più.

Intanto, la corazzata apparì mostrando dall'albero maestro la bandiera italica, bella, bella, bella, mentre il sole raggiava sui tre colori come volesse dire: — Questa bandiera è la più gloriosa del mondo.

I melagranini le mandarono mille baci accompagnati da altri mille evviva.

Pipino, disceso dalle palme di Lauretto, rimaneva a capo scoperto. Il suo cuore di italiano batteva forte; i suoi occhi splendevano come la marina, mentre il vento salato del Tirreno gli scompigliava la ricca capigliatura. Prima di rimettersi in cammino, sempre col cappello tra le mani, disse queste parole, fissando l'azzurra lontananza del mare:

— Mare profondo, mare dai mille colori, mare che unisci tanti popoli perché si amino, mare stupendo, infondi nei cuori dei mille bambini qui presenti la virtù più salda, la salute più resistente e fa che crescano degni dell'Italia, che tu da tanti secoli baci ogni giorno. Siano essi, o mare, forti e buoni come te.

I melagranini parevano più belli dalla gioia e dalla commozione. Ughè e Mariù, memori della conca d'oro presso la quale erano nati, avevano le lacrime agli occhi. Pipino se ne accorse, li chiamò a sé e li strinse al petto come due figli prediletti.

Si rimisero in cammino esultanti, andando con la mente piena di luce, grati alla fortuna che li aveva prescelti a un viaggio tanto miracoloso. La pipa, da quel giorno, volle, legato alla cannetta, un bel nastro bianco rosso e verde, perché si era accorta che fino allora non aveva pensato mai alla patria. Quante persone vivono virtuosamente, facendo del bene, ma senza ricordare, almeno qualche volta, la patria di cui fanno parte! Speriamo che l'esempio della mamma di Pipino sia per dare buoni frutti.

Dopo una settimana, l'esercito della fantasia giungeva nelle vicinanze di Napoli, sotto un cielo azzurro, presso un mare ancora più azzurro, in vista del Vesuvio, dal quale usciva un pennacchio di fumo quasi nero. Entrarono in città fra le acclamazioni del popolo, che non aveva mai visto una cosa simile. Pipino a capo dei mille bambini proseguì senza cedere alla tentazione di sostare, raddoppiò la lena, affrettò il passo fino alle falde del Vesuvio. Colà i bambini si sparpagliarono lungo le pendici a contemplare la marina così bella che pareva dire: — Guardatemi e piangete.

Verso sera, quando il sole parve coricarsi nel mare e le acque per un po' di tempo rosseggiarono proprio come ardesse in loro un incendio senza spegnersi, quando il firmamento scoprì tutte le gemme del cielo, quando il silenzio regnò in lungo e in largo, si levò dal mare un fantasma. Era il fantasma buono del Sonno. Piano piano passeggiò lungo le pendici, guardando i bambini, i quali, mentre lo guardavano alla loro volta, stupiti, a uno a uno si addormentarono.

Che pace allora! Mille cuori di bambini dormenti è come dire mille angeli custodi svegli, al loro fianco. E c'erano, sì. Mille, candidi, trasparenti, soavi come nelle immagini devote. Pipino non dormiva. Fumava. Il Sonno pure da lui era stato perché riposasse, ma egli aveva risposto: — Grazie, io veglio.

Come avrebbe potuto dormire? La felicità lo prendeva al cuore; doveva pensare, ricordare, godersi quelle ore della sua vita che declinava ormai verso la giovinezza, inesorabilmente. E poi! Aveva una piccola inquietudine. Bisognava trovare tanti, tanti fiori, tanti, da portare alle fate, tanti che bastassero a fare un mazzo per ogni bambino. Meditava su questo, quando il grillo, secondo il solito, gli saltò sul naso.

— Tu, grillo? Ricominci la danza?

— Sì.

— E perché? Non ti va più di cantare?

— No.

— Lasciami in pace; mi fai il solletico sulla punta del naso.

— Sì, sì. Ma guarda chi c'è.

— Dove?

— Per aria: cri...

Pipino guardò, riconobbe l'uccellino bianco e si rizzò in piedi.

— O benvenuto! Che buon vento ti porta? Come mai da queste parti? A Napoli, tu?

— Sicuro! — rispose l'uccellino. — So che ti occorre qualcosa di molto importante.

— Sì, uccellino, mi occorrono dei fiori e molti, ma non oso coglierli a Napoli, guasterei tutti i giardini. Mi spiacerebbe: i giardini sono così belli! Essi debbono essere ammirati e non guasti. Dico bene?

— Bene — disse la pipa.

— Bene — soggiunse l'uccellino bianco. — Ci penso io.

— Ci pensa lui. Cri... — ribatté il grillo con un nuovo salto sul naso di Pipino.

E ci pensò veramente. Subito salì a volo tutta la pendice, giunse sulla cima e scomparve netto netto dentro il cratere del vulcano.

Pipino lo vide, poiché già erano in cielo i primi chiarori dell'alba. Lo vide e gridò:

— Misericordia!

— Che cosa succede? — domandò la pipa.

— Misericordia! — piangeva Pipino. — L'uccellino bianco è morto, è caduto nel vulcano! Vedi, mamma, come fuma il Vesuvio; fuma più di te. Povero uccellino bianco, arrostito, carbonizzato, incenerito!

— Cri, cri. Non è vero! Eccolo.

Pipino non ebbe tempo a disperarsi che l'uccellino riapparve, si avvicinò e disse:

— È fatto — e poi via; non si vide più.

Da quell'istante, una cosa sorprendente fece cader seduto il nano, che non poteva credere ai suoi occhi.

Non più fumo, ma fiori, fiori scaturirono dalla bocca del Vesuvio. Fiori di tutti i climi, di tutte le terre, di tutte le riviere: si slanciavano a nuvole nel cielo come un trionfo e cadevano presso i bambini dormenti. Tutta la pendice cambiò colore, raggiò di una luce di sogno, pareva un paradiso, e il cielo affrettò l'alba, affrettò l'aurora.

Pipino stendeva le mani e toccava dei fiori, alzava la faccia e lo baciavano i fiori, camminava tra i fiori.

L'aurora, più ridente che mai, si specchiava nel mare: il vulcano, felice, guardava l'opera sua; il grillo aveva da fare a non lasciarsi seppellire sotto i fiori.

Tutti gli angioli custodi a un certo momento trassero di sotto i veli ciascuno la sua tromba d'oro. Uno squillo d'oro, sotto il cielo d'oro, vibrò come una musica più dolce della vita e i bambini si svegliarono.

Primi di tutti Ughè e Mariù esclamando: — Quanto vedo!!!

Pipino depose la pipa che doveva preparare la colazione.

Meglio di così non potevano andare le cose. Ma fra poco, per via, lontano da Napoli dovranno incontrare un ostacolo grave. Sì: la guerra fra due popoli. La guerra che non vuole lasciarli passare.

Pipino ringiovanì dalla gioia. Come spuntò il nuovo sole, tanto era il vigoroso che avrebbe sfidato ancora una volta non uno, ma cento draghi. Che forza nelle sue membra! Maneggiava la pipa con sveltezza, saltava. La sua voce negli ordini squillava come quella di un generale. E ben si meritava codesto nome. I mille melagranini, ormai convinti che Pipino era un grand'uomo, al solo guardarlo giuravano di obbedirlo. Ciascuno col suo mazzo di fiori, ciascuno impaziente di arrivare dove le fate dormivano il sonno della morte.

Dopo due settimane, giunsero a Taranto in vista del mar Jonio, ai confini dell'Italia. Avrebbero voluto sostare qualche giorno, ammirare, godere l'incanto della riviera, ma Pipino impaziente più di loro non concedette quel riposo. Anzi annunziò: — Domani c'imbarcheremo.

Né più né meno.

Dato l'ordine, bisognava procurare i mezzi per eseguirlo e ciò che mancava erano appunto le barche. I melagranini si sparsero intanto fra gli aranci, si rotolarono su l'arena, cantarono, a gruppi, delle canzoni imparate a casa. Ma il loro generale non cantava.

— Pipa, come faccio ora? mi occorrono mille e una barca.

— Le farò io.

— Tu, mamma, fabbricare delle barche?

— Certamente.

— Ti ho creduta sempre, pipa mia; ma questa volta... non posso.

— È facilissimo. Io farò cinquecento uova grandissime; i bambini le taglieranno per metà esattamente, dopo averle vuotate. Ogni mezzo guscio, conterrà un melagranino. Cinquecento moltiplicato due, come tu sai, è uguale a mille. Che ne dici?

— Non dico nulla: ti bacio, mamma. Però ne dovresti fare una in più, per me.

— E sta bene. Portami subito in un luogo solitario: mi metto al lavoro senza perdere altro tempo.

Pipino prese la corsa e via per cento metri di spiaggia finché la pipa gli disse:

— Posami qui.

Riprese la corsa e raggiunse i melagranini. Chiamò i più saggi: Ughè, Mariù, Mancinello, Effrem, Antoliseo, Milanino il brontolone, e chiese loro:

— Sapete remare?

— Sì, sì.

— No — gridò Mengo, ridendo a crepapelle — no, io non so remare, io! È, È, È.

— E gli altri? — soggiunse Pipino.

— Gli altri, così, così: bisognerebbe esercitarli.

Allora Pipino con una prontezza meravigliosa distribuì ordini che più chiari e più esatti non si poteva. Duecento melagranini entrarono in una pineta poco distante a schiantar dei rami per fabbricare in fretta dei remi. Duecento furono mandati presso la pipa perché vuotassero con cura le uova e subito con una spina le tagliassero diligentemente in due parti. Quando quelli dei remi tornarono dalla pineta, a due a due, entrarono in una barca concessa da un pescatore e cominciarono a remare a più non posso. Le barche appena pronte venivano varate e dondolavano bianche su l'acqua celeste che parevano tante culle o meglio tanti cigni col collo nascosto fra le ali. Pipino, in moto, sudava ad incuorare tutti, andava e veniva coi capelli al vento, fissando di tanto in tanto il mare che domani sarebbe stato solcato dalla bella armata infantile.

Sul far della notte, non mancava più nulla; il miracolo compiuto sorrideva sotto le prime stelle. La luna si piantò raggiante in mezzo al cielo, curiosa come sempre, decisa a seguire la flotta bianca dovunque fosse per recarsi.

Non un uomo sulla spiaggia; non il più piccolo disturbo: una pace intera, larga, solenne. Solo il mare parlottava con le onde. Ciac, ciac, ciac, clic, puf! Sì, le onde scherzavano intorno ai gusci, ma badavano a non ferirli.

Pipino caricò la pipa, l'accese, contò i melagranini e avvertì che l'ora di mettersi in mare era venuta.

O lettore, vedeste mai i pulcini rientrare nell'ovo donde sono usciti? No, vero? Ebbene, fate conto su per giù di vederli, ora.

A uno a uno, i bambini saltarono nel mezzo guscio col remo in ispalla.

Ughè e Mariù, franchi, si trovarono nella barca come se le stesse fate ve li avessero posati. Così si fecero onore gli altri 997, ma uno, Mengo, restò ultimo a terra. Impaurito, non si arrischiava a spiccare il salto.

— Coraggio! Uno, due, tre — gridavano i compagni. — Non te la senti? Bella figura!

— Io? Sì, no. Ecco!

E saltò, finalmente, ma con tanta violenza che spaccato il guscio, sparve nel mare.

— Misericordia! Salviamolo! — pianse Pipino agitando le braccia. — Salviamolo, che annega.

Si mossero tutti e tanto pescarono che riuscirono a trar su, grondante come un pesce, il malcapitato melagranino. Mariù, sempre buono, gli fece posto nella sua barca, e lui, con un dito, il medio, sul naso, ringraziò a suo modo:

— Ah! Io! È, È. Vedrete che cosa sarò io fra dieci anni. È, È.

L'incidente terminò con una risata generale che servì essa pure a muovere la flotta verso il largo. Presto furono lontani dalla costa; le mille barche bianche filavano rapide col vento, i mille remi tuffati e rituffati lasciavano nell'acqua la traccia del tonfo. Non so se qualche pescecane salisse dalla profondità del mare con delle cattive intenzioni: pericoli, almeno visibili, non ce n'erano.

Pipino, ritto a prua, in capo a tutti, fumava, mentre l'anima gli sorrideva soavemente quasi quel viaggio lo portasse al paradiso. È vero che ormai poco gli rimaneva da vivere, è vero che la sua vita declinava oramai, ma quale uomo poteva, come lui, vantare un'impresa così bella?

E pensava: «Se le fate risuscitassero? Perché no? Forse che, volendo, non lo potevano fare? Certo che sì».

— Cri.

— Grillo mio, dove sei stato fino ad ora?

— Ho dormito, prima dentro una conchiglia e poi nella tua tasca.

— Davvero?

— Cri.

— Ti piace il mare?

— No; preferisco il prato. Nel mare, non posso fare un buco nell'acqua per coricarmi. Pipino! Pipino!

— Che hai?

— Guarda, Pipino, guarda...

— Che cosa?

— Quel fumo!

— È il fumo della pipa.

— No: laggiù, lontano, di fronte a noi...

Benedetto grillo! vedeva sempre tutto. In lontananza, proprio di fronte alle sue barche, nuvole di fumo grigio si succedevano accavallandosi. Ma il peggio fu un rombo che pareva il tuono ed era invece un rombo di cannone. Ne seguì un altro, poi un terzo.

Pipino disse una parola sola: — Avanti! — e il grillo, volando, a tutti i melagranini la ripetè come parola di guerra: — Avanti!

La pipa disse: — Figlio, annodami bene intorno alla cannetta il nastro tricolore: è giunta l'ora di difenderlo a tutta oltranza. Se occorre, io, che faccio da gallina, da mamma e da pipa, farò anche da cannone!

— Mamma: io ti credo: — rispose Pipino — non mi stupisco più di nulla. E nemmeno temo né per me né per i melagranini. Vive o morte, le fate ormai sono a poca distanza. Avanti!

Si udì uno strillo di paura che echeggiò nella notte come il sibilo di una sirena: era Mengo che piangeva tremebondo con tre dita nel naso. Ma anche lui, per amore o per forza, doveva scegliere: o restare con gli altri, o calare in bocca a un tonno. Mariù gli assestò con garbo una rematina sul groppone, lo spruzzò in faccia, e lo ridusse al silenzio.

La minaccia di un assalto cresceva via via che la flotta avanzava. Non c'era più dubbio. La guerra era là ad aspettarli.

Due popoli, sulle opposte rive del mare, combattevano ferocemente e non c'era modo di cambiare strada, di evitare la loro vicinanza.

Le nuvole di fumo sempre più grandi, sempre più dense, salivano a ingombrare il cielo: velarono la luna, nascosero le stelle.

Fra quante ore sarebbero giunti a terra? Quale la loro sorte? L'armata bianca, coi mille mazzi di fiori, serenamente guardava dinanzi a sé.

Pipino, senza curarsi d'altro, pensava: ho vissuto quarantanni, perciò domani compirò venticinque anni.

E voi sapete che a venticinque anni la guerra non fa paura.

Di buon mattino, la terra si mostrò ai loro occhi. Cessato il combattimento, l'aria era sgombra dalle nubi, il sole splendido sul mare tranquillo. Vogarono oltre l'isola di Cipro, giunsero ai lidi dell'Asia Minore. Pipino sbarcò: sbarcarono tutti i melagranini col loro mazzo di fiori. La prima cosa che si presentò ai loro occhi fu un cannone ben piantato sul suo carro a due ruote alte. La bocca del cannone, rotonda, buia, ferrigna, guardava la luce e pareva dire: — Io ammazzo, spacco, sbriciolo, trito la carne umana.

A terra giacevano degli obici spaventevoli, aguzzi e parevano dire: — Eccoci qui pronti a far macello. Più lontano, altri cannoni in fila dicevano le stesse cose. Pipino capì che bisognava subito prendere una deliberazione per conoscere tutti i nuovi ostacoli da sormontare. Ordinò ai melagranini di attenderlo, mentre egli con Ughè e Mariù al suo fianco sarebbe andato ad esplorare. Camminò un paio d'ore senza incontrare anima viva: una strada c'era, ma tutta sconquassata, rotta dal passaggio delle artiglierie, tutta a buche e valloncelli: la terra secca e polverosa. Una tenda finalmente appari: segno che un accampamento era vicino. I nostri tre esploratori affrettarono il passo, finché un soldato gigantesco si piantò loro davanti gridando:

— Chi siete? Non si passa.

— Io sono Pipino, generale dell'esercito della fantasia: vado coi mille melagranini al sepolcro delle fate che si trova in questi paesi.

Il soldato gigantesco, che si era chinato a più non posso per udirlo, si chinò ancora di più, prese in braccio Pipino, proprio come se fosse un lattante, e rispose:

— Tu sei generale?

— Sì.

— Quanti soldati comandi?

— Mille.

— Ami la guerra?

— Amo la pace, ma, se è necessaria, la guerra non mi spaventa.

— Ma di qui non passerete, caro generale; il campo di battaglia è vastissimo: si aspetta un assalto da un minuto all'altro: ogni giorno cadono morti centomila uomini. Generale, date retta a me: tornate indietro.

— No, no, no. Io passerò coi mille; devo passare ad ogni costo.

— Ad ogni costo — soggiunsero Ughè e Mariù.

— Allora — replicò il soldato di guardia — se è così, generale, fatemi vedere la vostra fede di nascita, tutte le vostre carte.

— Non ho fede di nascita: tutt'al più vi presento mia madre.

— Dov'è la madre del generale?

— Eccola — disse Pipino mostrando la pipa.

— Generale! vi burlate di me? — urlò il soldato posando a terra Pipino.

— Non mi burlo di voi. Questa è mia madre, nobilissima donna italiana, a cui devo la mia carriera. Interrogatela.

La pipa prese la parola:

— Sì, o soldato: io sono la madre del generale Pipino. Egli è piccolo ma potente: io vi consiglio di annunziare la nostra presenza all'imperatore che dorme nella tenda. Ubbidite, o soldato, e sarà meglio per voi.

Il buon gigante con gli occhi stralunati guardava la pipa credendo di sognare. Avrebbe voluto ridere, ridere, ridere, ma non ci riusciva. Il prodigio lo tratteneva rigido, quasi su l'attenti: e per un poco rimase sopra pensiero. Egli da bambino aveva amato le fate; anzi tuttora ne amava le fantasie deliziose; egli stesso sapeva molti racconti lunghi, imparati qua e là, ma così belli che non li poteva dimenticare. Pensò al suo paese, quasi selvaggio, alla sua tenda famigliare, alla sua mamma che lo aspettava reduce dalla guerra. Le fate! Morte le fate?

Non gli pareva una cosa possibile. Intanto, una tenerezza infinita gli toccava il cuore: egli sentiva che Pipino doveva essere un personaggio privilegiato, al quale non era permesso far del male. Lo guardò, guardò la pipa e i due bambini pieni di grazia, poi disse:

— Ora ti annunzio all'imperatore. — E subito entrò nella tenda.

Sappiate però una cosa importante, cioè che la guerra si combatteva tra l'imperatore del Bene e l'imperatore del Male. Una guerra eterna che dura fin dal principio del mondo. E non si può prevedere quando cesserà del tutto. Certo se gli uomini si decidessero ad esser buoni, veramente buoni, forse terminerebbe. Invece... chi sa!

Il soldato gigantesco, entrato nella tenda, disse queste semplici parole:

— Maestà, c'è Pipino.

— Pipino? — gridò il re levandosi dal suo trono. — Dove sta Pipino?

— Qui, fuori della tenda.

— Fallo venire, poi suona la tromba e chiama un battaglione di soldati. Sia onorato militarmente.

Il soldato, più sbalordito di prima, uscì, ubbidì, brandì la tromba, soffiando con tutta la forza dei suoi polmoni. Nello stesso tempo, l'imperatore riceveva tra le braccia Pipino, come si fa alla persona più cara. Lo baciò, lo carezzò, lo benedisse, non solo, ma nella furia della gioia volle assolutamente che sedesse sul trono.

— Io, sul trono? No, no. Non merito questo.

— Pipino, va sul trono.

— No, maestà, il trono è vostro.

Il re, per farla breve, lo levò di peso e lo fece sedere sotto il baldacchino regale. Ughè e Mariù al suo fianco provavano una immensa gioia. La pipa mostrava la coccarda tricolore con grande orgoglio. Per qualche minuto si guardarono in faccia, ma senza meraviglia: proprio come se si fossero veduti sempre. Infatti, era giusto. Pipino era buono e conosceva il Bene; il Bene a sua volta conosceva Pipino, suo fedelissimo seguace.

Il re contava non si sa quanti anni: migliaia e migliaia. Era alto, bello nella sua vecchiaia, diritto nella persona; la barba candida e liscia, lunga che strisciava due metri a terra come un tappeto di nuovo genere. Sulla fronte spaziosa gli brillava una stella luminosa. Il trono maestoso ma semplice. Su per giù la tenda era arredata come una cella di fraticello. Cosa naturale: il Bene è povero.

— Dunque, caro Pipino, vai a trovare le fate?

— Sì, perché...

— So tutto, so tutto. Io seguo le tue belle azioni, ti lodo e ti amo. Ah se tutti gli uomini ti somigliassero!

— Ah! Ahi Ah! — esclamarono sospirando Ughè, Mariù e la pipa.

— La guerra continua — riprese il re — atroce. Il mio nemico, il re del Male, spinge gli uomini ogni giorno a compiere scellerati delitti. Il mio esercito spesso viene addirittura sbranato: adesso è ridotto a pochi uomini. Vedrai, attraversando il campo, quanti sono i morti. Eppure bisogna resistere, combattere sempre, sempre.

Pipino rispose:

— Maestà, conosco pur troppo le forze del Male, ma io spero che alla fine il Bene vincerà. I mille bambini che stanno con me, col tempo saranno uomini perfetti e redimeranno il mondo. Intanto vorrei passare al di là del campo senza perder tempo.

— Passerai, Pipino.— fra poco. E voi, Ughè e Mariù, venite a sedervi sulla mia barba perché voglio benedirvi.

I due bambini corsero al comando e sedettero a un metro dal re, per terra, dove la barba bianca pareva uno strato di neve e ricevettero la benedizione.

Uno squillo di tromba li scosse tutti all'improvviso. Fuori della tenda, stava un battaglione di soldati sull'attenti. Il re disse: — Andiamo.

Appena usciti, Pipino vide schierato anche il suo esercito di melagranini. L'uccello bianco l'aveva chiamato e accompagnato colà per evitare una inutile perdita di tempo. Anche il grillo era presente sul codino di un bimbo cinese.

Rapidamente il piccolo esercito passò davanti all'imperatore; Pipino salutò con la pipa, ricevette i saluti e fra squilli di tromba pieni d'augurio s'incamminarono. Dopo un'ora eccoli nel bel mezzo del campo dove però non si combatteva perché gli scontri in quel momento avvenivano assai più lontano. Ma quanti morti! A destra, a sinistra, giacevano creature trafitte, pallide nel sonno della morte. A quella vista, i melagranini si sparsero qua e là, commossi fino alle lagrime. Tutte quelle creature avevano lottato per il bene ed erano cadute. Ma come parevano serene, a giudicare dal volto soave e reso più gentile dal mistero della morte! Uno stava con le braccia incrociate sul petto. Si vedeva che era morto pregando e intorno a lui, nell'aria, c'era qualcosa che pregava ancora.

Pipino, fermo, guardava; a un certo punto dovette piangere per ciò che gli accadde di vedere.

Tutti, tutti i melagranini, sparsi, affaccendati, ma con delicatezza, lavoravano...

Chiudevano gli occhi ai morti, adagio, piano, angelicamente, e lasciavano su ogni morto uno dei loro fiori.

Chi aveva loro consigliata l'opera gentile, l'opera pietosa? Ughè e Mariù.

Pipino non li disturbò. Nel silenzio, fermo e tranquillo, attese che avessero finito.

— Poveri morti! — pensavano i melagranini. E Pipino, via facendo, rispondeva: — No; essi sono vivi più che mai: chi muore nel bene vive nelle opere che ha compiute. Intanto, la marcia continuava senza che la stanchezza vincesse neppure uno dei mille. Ormai tutto cambiava d'intorno a loro: la vegetazione era diversa: piante altissime con delle ombre giganti, pianure estese come il mare, un cielo che pareva sempre più lontano. Una sola cosa dava un po' di fastidio: il caldo. Pipino, di quando in quando, si faceva vento con la bandiera, i melagranini svestivano il giubbetto. Quanto mancava per arrivare al sepolcro delle fate? Poco. Forse un giorno solo. Tale era il presentimento di tutti. Sentivano come una dolcezza strana dentro il cuore, un gran desiderio di adorare; gli occhi già vedevano quello che ancora non era a loro dinanzi.

Verso mezzodì di quel giorno ch'era il venticinquesimo anniversario di Pipino, alla rovescia s'intende, si accorsero di camminare sulla sabbia. Mengo si divertiva a farci dentro dei buchi col dito, ma Pipino invece cominciò ad impensierirsi. Soffiò nella pipa con forza e la pipa suonò come una tromba: al segnale i melagranini si fermarono. Pipino non disse «siamo nel deserto dove stanno le belve», disse: «facciamo merenda». Naturalmente lo ubbidirono con prontezza mentre lui, lasciata la pipa a distribuire le uova, pensava: — E ora? Se si presentasse un elefante, una tigre o qualche altro signore?... Pure, zitto zitto, per non turbare i mille suoi soldati.

Stava su questo pensiero allorché, calmo calmo, a passo lento, apparve un leone. Bellissimo! Una giubba regale, due occhi di fuoco e una dentiera invidiabile. Per fortuna rideva. Non come il drago, però, di felice memoria; rideva come una persona contenta, alla buona.

Pipino, prese l'occasione, fece due passi avanti, e col cappello tra le mani lo ossequiò con queste parole:

— Nobile re degli animali, accettate l'omaggio mio e del mio esercito. Sono sicuro che non gli farete del male.

Detto questo, attese la risposta pensando: — Ora vedremo come l'andrà a finire.

Il leone mosse la coda più volte, guardò i melagranini, sorrise loro, quindi rispose:

— Sono qui per voi; voglio aiutarvi: proseguite il viaggio senza paura perché io vi scorterò.

— Bravo! — disse Pipino, mentre la pipa gli era volata tra le mani curiosa di ciò che accadesse. — Bravo! noi tutti serberemo di voi un gratissimo ricordo.

I melagranini si levarono da sedere, corsero a festeggiare il leone, a carezzarlo, a tempestarlo di domande. Ughè, dopo averlo osservato di fuori, avrebbe voluto osservarlo di dentro, aprirlo se fosse possibile, come si fa dei giocattoli. Il leone comprese e disse:

— No, aprirmi, no: tu non puoi: io sì che potrei aprire te... — E rideva.

— Allora — soggiunse Ughè, — apri almeno la bocca.

— To' — fece il leone, spalancandola.

Tutti i compagni, anche loro a bocca aperta, uno dietro l'altro, guardavano le fauci della belva; larghe, profonde, buie, dentro vi biancheggiava una fila di denti maciullatori di prim'ordine: in fondo in fondo si vedevano le aperture della gola per le quali chi passa non torna più.

— Quanto vedo! — esclamava Ughè.

— Non ci vorrei entrare.

Il leone, ora, provava gran bisogno di ridere e perciò chiuse la bocca che subito socchiuse per sorridere. Quindi soggiunse:

— Bambini, capirete bene che io sono una bestia feroce proprio vera, perciò non vi spaventate se udrete un mio ruggito. Devo ruggire: non ne posso fare a meno; per me è come una presa di tabacco. Dunque posso ruggire?

— Sì, sì.

— Cri — fece il grillo che gli stava sulla giubba.

— Non vi spaventerete?

— No. Ruggisci liberamente. Su: uno, due... tre!

Un ruggito lungo, arrotato, ben tornito, corse per il deserto: l'aria intorno ne tremò. Mengo rotolò quattro volte nella sabbia rimanendo pancia a terra dalla paura. Pipino con lunghi stenti lo persuase a levarsi, lo condusse al cospetto del leone e finalmente lo calmò.

Sfilarono i melagranini innanzi al leone, il quale bel bello sorrise a tutti e poi come l'esercito si mosse, si mosse anch'egli, lieto, per seguirli.

Trottava talvolta, guardava sempre in giro; di quando in quando liberava dalla gola un ruggito per avvertire Pipino della sua vicinanza.

Cessò il deserto; salirono un colle; ecco una vasta pianura, non più nuda e sabbiosa, ma tutta una selva fitta e scura. Era una foresta vergine.

Nessuno c'era entrato mai. Bisognava passare e i melagranini si disponevano allegramente a conquistarla, ma dove era l'entrata?

È vero che in un bosco si entra come si vuole: per esempio tra pianta e pianta. Però la foresta di cui parlo io pareva chiusa quasi da una cancellata; gli alberi uno presso dell'altro e lo spazio fra tronco e tronco riempito da una rete di spini acuti e lunghi una spanna. I melagranini fiduciosi provarono a smuovere qualche ramo. Non l'avessero mai fatto! Si punsero tutti; mille ahi! echeggiarono nell'aria perché mille spine avevano ferito mille mani.

Inutile. Cacciarsi dentro voleva dire restar infilzati come uccelli allo spiedo; voleva dire per lo meno non uscirne più, se un aiuto non veniva.

— Cri, Pipino.

— Oh grillo carissimo, vedi la foresta?

— Vedo l'uccellino bianco. Eccolo.

— Ah! fece Pipino: me l'aspettavo. Benedetto amico; ormai vicino alla meta, se non venivi tu, mi toccava retrocedere.

— Passerete la selva fra cinque minuti. Ora voglio guarire le ferite dei melagranini. E volando disse:

— Bambini, porgetemi il dito dove entrò la spina; io col becco ve la traggo senza farvi male.

Mille dita si protesero. Chi offriva il pollice, chi l'indice, chi il medio, chi l'anulare, chi il mignolo. Non saprei dire se le dita punte fossero piuttosto pollici o indici o medi o anulari o mignoli.

Niente medicamenti, niente fasciature: il becco piccolo dell'uccellino piccolissimo, passando, con rapidità meravigliosa estraeva le spine e il male cessava. Pipino assisteva all'operazione contando i melagranini via via che guarivano. Così è facile capire che contò fino a mille.

— E ora? — chiesero tutti.

— Ora — disse l'uccellino — ora passerete. La piccola puntura e la goccia di sangue che avete versato vi rende degni di varcare la foresta senza fatica. Ma ricordate: nulla si ottiene per nulla: bisogna meritare.

Seguirono cinque minuti di silenzio.

Chi aprì la strada nella foresta? Forse l'uccellino bianco tuffandosi per primo? Ma in che modo? Il fatto è questo: che l'uccellino si lanciò nel folto degli alberi e dietro di lui il vento fece il resto. Un vento così forte che, senza offendere i melagranini, faceva piegare quella potente verzura in modo da lasciare uno spazio sufficiente a chi doveva passare.

Ed ecco l'esercito della fantasia nel cuore della foresta vergine.

Sì, proprio senza fatica era la marcia. Pipino con la pipabandiera, innanzi a tutti, silenzioso e meditabondo pensava: — Invece di mille, vorrei tutti i bimbi del mondo con me. — Ughè e Mariù a fianco di lui con occhi sgranati guardavano, guardavano, credendo di sognare. Poi li colpì nel mezzo del cuore un nuovo prodigio. La musica. Quanti uccelli erano nella foresta, tutti cantavano a mille a mille a mille: cantavano soavemente e con mestizia come volessero dire: — Povere fate! Povere fate!

— Poeta gentile, uccellino del dolore, rosignolo dolcissimo, è lontano ancora il sepolcro delle fate?

— Pipino gentile, Pipino dell'amore, Pipino dolcissimo, il sepolcro è vicino. Dopo la foresta c'è un altipiano, in fondo all'altipiano c'è una valle, dentro la valle dormon le fate, candide come l'anima tua. Detto questo, riprese a cantare con gli altri usignoli.

Non si udivano che voci purissime, che note commoventi, seguite da echi lontani. D'un tratto una grande luce apparì: cessava la foresta, cominciava l'altipiano. I melagranini, l'un dopo l'altro, col dito facevano segno di tacere.

— Eccoci, — disse Pipino. — Siamo arrivati. Le fate dormono laggiù dove finisce l'altipiano. La vostra opera buona sta per essere compiuta. Ponetevi una mano sul cuore: alzate gli occhi al cielo.

L'esercito camminava come non toccasse la terra. Silenzio! Silenzio!

Ecco non mancavano che dieci minuti alla grande ora.

— Avanti! — incuorò Pipino — ancora una volta. Piano, zitti, adagio...

— Ecco!...

— Dobbiamo trattenere il respiro?

— Dobbiamo giungere le mani?

— Dobbiamo mandare dei baci?

Queste, le domande dei melagranini quando non mancava più che un minuto per guardare nella valle.

— Fate tutto questo — rispose Pipino con le lacrime agli occhi. — Ma soprattutto fate piano piano, sempre più piano.

Fu inutile la sua preghiera, perché in men che non si dice tutti... videro... e con una sola voce gridarono:

— Oh!... Oh!!... mentre nello stesso attimo buttavano a piene mani i fiori che l'innocenza aveva conservati freschissimi e odorosi.

Videro... che cosa?

Datemi, o bambini, le vostre parole più dolci, datemi le cose belle che vedete a occhi chiusi quando la mamma o un'anima cara vi carezza soavemente; voi, Mariù e Ughè, fedeli amici di Pipino, datemi il vostro cuore e allora, forse, potrò descrivervi ciò che avvenne.

La valle? Era profonda, con le pendici coperte di fiori, tra i quali fontane invisibili cantavano, tremavano, gemevano, piangevano.

Il sepolcro? Candido come la neve, giù nel fondo della valle.

Le fate?... Eccole... Apparvero, sorgendo, elevandosi tra le due pendici, chiuse nei veli, meno il volto e la testa, ricca di capelli d'oro. Si fermarono nell'aria all'altezza dei melagranini. C'erano tutte: la fata bimba, quella che insegna i primi passi alle creature di un anno, senza che lo sappiano; la fata della parola, quella che mette sulle labbra ancora poppanti la sillaba ma, che poi si raddoppia in mamma e la sillaba pa, che poi si raddoppia in papà; la fata del sonno, quella che a notte fa ciondolare le testine ai più piccoli e anche ai più grandicelli: più buona specialmente coi ragazzi chiusi nei collegi e che non hanno il bacio della sera, indispensabile per crescere sereni; essa li addormenta dolcemente, come una mamma e i superiori non la vedono, o per lo meno fanno finta di non vederla, perché bisogna pur mantenere la disciplina; la fata del sorriso, quella che crea sui volti il sorriso benevolo (chi non ha un sorriso è cattivo); c'era la fata degli studi, quella che a poco a poco, anno per anno, apre gli intelletti novelli; c'era la fata dei giochi, alla quale tutti i bimbi devono se non si spaccano la testa ogni giorno; c'era la fata dell'amore e del perdono che ispira i ragazzi a dividere la loro merenda, affinché, fatti uomini, imparino a dividere per l'umanità il cuore, il tempo e la borsa. La fata della preghiera guardava in cielo come invocasse per tutti la bontà fraterna; aveva le mani giunte, la faccia assorta, gli occhi trasfigurati da una luce di paradiso.

E altre, altre ancora.

Tutte assieme ispirano le fiabe, baciando in fronte chi le narra, come fanno all'autore di Pipino ogni volta che si mette a scrivere. I melagranini guardavano, muti. Nessuno ardiva aprir la bocca, dire una parola. Ma parlò una fata, proprio quella apparsa tanti anni prima a Pipino dormente in un campo. Disse:

— Grazie, fanciulli. A voi dobbiamo la nostra resurrezione. Eravamo spente e non altri che la vostra anima buona poteva compiere il miracolo. Appena i vostri fiori toccarono il sepolcro dove la morte ci aveva composte, ci risvegliammo subito. Eccoci qui. E da ora in poi non mancheranno più novelle per i bimbi; voi avete risuscitato la fantasia.

Dopo questo breve discorso, tutte le fate toccarono terra ed entrarono nella schiera dei melagranini come tante regine umili e belle.

— Pipino — chiamò una di esse — Pipino, il tuo merito è grande e la tua memoria fra gli uomini durerà eterna. I bimbi di Paidopoli, che tu hai liberato uccidendo il drago, ora, fatti uomini sono persone oneste e cuori eccellenti; così sarà pure di questi qui presenti.

Pipino si fece innanzi e rispose:

— Fate belle, fate soavi, il merito è di mia madre, la pipa.

Tutte le fate vollero carezzare la pipa meravigliosa, la baciarono a una a una, facendola piangere dalla consolazione. Anche Pipino non ne poteva più dalla tenerezza. Sentiva ciò che tocca di sentire agli uomini per bene quando hanno vissuto molto e sempre per il prossimo.

Poi le fate interrogarono or l'uno or l'altro dei melagranini. Il primo interrogato fu Ughè, il più piccolo.

— Dove sei nato?

— A Messina bella.

— Vuoi bene a Pipino?

— Sei protestante, cattolico o mussulmano?

— Io sono cattolico, apostolico e romano. La fata lo baciò sugli occhi.

A Mariù domandarono altre fate:

— Che cosa desideri ardentemente?

— Vorrei stare sempre con Pipino, non vorrei lasciarlo mai.

— Altro?

— Nulla.

Questa risposta, rivelatrice di un'anima candida piena d'amore, destò sulle labbra delle fate un sorriso raggiante.

Pipino prese per mano i due prediletti per sentirseli vivere accanto: si può dire che i loro tre cuori formavano un solo cuore.

Intanto una fata trovò Mengo quasi nascosto dietro un compagno; aveva come di solito tre dita nel naso. Che figura! Scherzando una fatina glielo prese tra il pollice e l'indice e glielo portò via netto netto.

Mengo rimase incitrullito, si cercò il naso, sentì che gli mancava, ma non ebbe l'ardimento di dare negli strilli. Tutti i melagranini pensavano: — Povero Mengo! — La fata sorrideva, sorrideva aspettando invano una protesta; alla fine, gli disse:

— Ti rendo il naso, ma prometti di non torturarlo più con le dita. Prometti?

— Oh sì! — rispose Mengo.

E la fata delicatamente rimise in ordine il viso del monello, riappiccicandogli il naso. Dopo gli domandò:

— Vuoi che ti faccia un regalo?

— Oh sì...!

— Quale?

— Maaa!...

— Ti dono la ragione che non hai.

— No no no. Non la voglio.

— Come! rifiuti di diventare un ometto ragionevole?

— Io, io non voglio medicine: ecco: io voglio esser ragionevole, perché so che è dovere, ma che non costi molta fatica.

— Sarà un po' difficile — concluse la fata — ma si vedrà. Vorrà dire che, a sopportar questa fatica, ci dò io una mano.

Mengo fu bell'e contento.

Non dico di altre cose, tutte di una grande gentilezza verso le fate. Antoliseo regalò alla fata degli studi la sua medaglietta al merito della terza elementare; Costanzo donò un cedro magnifico alla fata delle merende. I doni fioccarono ed erano svariatissimi: pennini, matite, piccoli disegni; Federico, detto Ghigo, eseguì sul posto la caricatura di tutto il mondo.

Poi toccò ai melagranini una sorpresa, che possiamo proprio chiamare dolcissima. Le fate offrirono il dolce. I bimbi compresero e ricordarono la loro rivolta contro Pipino. Tutti per incanto si trovarono tra le mani un piattino d'argento colmo d'un gelato squisitissimo.

Nello stesso tempo, le fate avevano preparato una nuova sorpresa, addirittura incredibile. Figuratevi che Pipino con tutti i melagranini stavano per aria a cento metri dal suolo. E ci stavano benissimo. I melagranini sgambettavano allegramente; le fate passeggiavano su l'aria come sul pavimento. Perché? Ecco, bisognava che i mille riprendessero la via del ritorno: era necessario. Ma le fate vollero godersi la cara compagnia di tutti i loro visitatori e ricorsero a un mezzo semplicissimo.

Voi sapete che la terra gira.

Lo sapete, non è vero? Ebbene, i mille stavano, protetti dalle fate, in pieno azzurro, mentre la terra, girando, in poco tempo avrebbe portato l'Italia sotto i piedi di Pipino. Non più Pipino andava in Italia, ma l'Italia veniva da Pipino.

Si trattava di aspettare quindici o venti minuti. Intanto, finito di assaporare il gelato, e messo in tasca ciascuno il proprio piattino d'argento, i melagranini scorrazzavano in aria, facendo capriole, cantavano e osservavano il giro del globo sotto i loro occhi. Il più buffo era Mengo a cavallo di un somarello fatato, che or sì or no galoppava e poi di botto si piantava, rigido, sui quattro zoccoli, preso dal desiderio di ragliare.

Pipino ebbe la consolazione di fumare a trecento metri d'altezza. Il fumo della madre pipa giungeva subito fra le nubi a raccontare quanto sapeva; la bandiera italiana sventolava, gloriosa: le fate sorridevano, contente. Ad un tratto esclamarono in coro:

— Ecco l'Italia: bisogna discendere.

L'uccellino bianco apparì portando nel becco una cosa. Una cosa...

LA NUVOLA CHE SI APRE E SI RICHIUDE.
PIPINO SENZA BARBA. TRE FANCIULLI NELLA NOTTE

L'uccellino bianco portava in bocca una busta grande e gonfia. Pipino la prese e l'aprì. Essa conteneva mille piccole letterine scritte dai genitori dei melagranini. Ogni lettera diceva su per giù così: «Sappiamo il felice successo del vostro viaggio, che è durato, e voi non lo sapete, dieci anni. Però siamo contenti e vi mandiamo la nostra benedizione con infiniti baci».
Fu una festa da non potersi descrivere. Ma soprattutto fu una sorpresa per i melagranini all'udire che il viaggio era durato dieci anni.
— Come! — dicevano — se siamo rimasti tutti piccolini!
— Sicuro! — soggiunse Pipino. — Le fate non vogliono che questo tempo manchi alla vostra vita. Invece lo pagherò io, dando dieci anni della mia.
In quel momento una nuvola si era fermata a poca distanza da loro; una nuvola dentro la quale si apriva un giardino meraviglioso con un viale d'oro, che si perdeva nella lontananza. Una fata vi entrò, e poi ne uscì quasi subito con un mazzo di fiori non mai visti.
— A voi — disse — anime pure; a ciascuno di voi uno di questi fiori. Portatelo nel mondo: è il fiore della poesia. Coltivatelo con l'amore, con la semplicità e la sincerità. Il mondo ha bisogno di poesia, ma buona, vera, santa, quella che balza dal cuore commosso, quella che è dolce come la preghiera, forte come la quercia secolare, bella come il mare, gioconda come l'acqua. La poesia ispira la carità e la pazienza, nutre l'odio contro il male, dà l'orgoglio della fronte eretta, consola il dolore, rende soave la morte. Siate poeti, ma non delle parole, bensì dell'ideale. Ricordate che il valore di un uomo non consiste nel titolo di principe o di professore: il valore sta nell'anima, sta nella mente. E la bellezza dell'anima è la poesia. Andate, bambini: portate nel mondo un'altra volta il dono che gli uomini avevano perduto. Addio per sempre.
Tutte le fate entrarono nel giardino: la nuvola si chiuse, si mosse, si allontanò piano piano nei cieli, mentre i melagranini piano piano prendevano terra sulle falde del Vesuvio.
Mengo, a cavallo dell'asino, non pareva più lui. Era diventato intelligente e aveva compreso le parole bellissime pronunciate dalla fata prima dell'addio. Egli scese di groppa, si portò proprio in faccia al somaro e gli disse:
— Ohè, compare, hai sentito ciò che disse la fata?
Il somaro ragliò a squarciagola. Ma, cosa strana, nessuno dei melagranini si mosse; e lo avrebbero fatto se un'altra cosa di enorme importanza non li avesse tenuti fermi a bocca spalancata, quasi inchiodati dalla meraviglia intorno a Pipino.
Ciò che avveniva era più che naturale. Pipino non aveva detto di sacrificare volentieri dieci dei suoi anni in favore dei melagranini? Ebbene, eccolo ragazzo di quindici anni, su per giù dell'età dei suoi mille soldati. Eccolo: senza barba, senza baffi, con la faccia grossa e liscia, un po' troppo grossa e molto dolorosa. Pareva uno di quei fanciulli un po' malati, dalle gambe corte e dal viso strano. I melagranini lo guardavano, comprendendo la grazia che egli faceva a loro e non sapevano cosa mai dirgli. Pipino si lasciò osservare a piacimento, poi disse:
— Bambini, ormai il destino è compiuto: voi avete operato tutto quello che dovevate operare con me. Se io continuassi ancora il viaggio in vostra compagnia, sarebbe più doloroso, dopo, il distacco. È meglio che ci lasciamo ora. Che ne dite?
Ughè e Mariù si avanzarono di due passi, e risposero in coro:

— Senti, Pipino. È giusto che i nostri compagni tornino a casa, dove sono aspettati: ma noi due, no, non ti abbandoniamo. Tu sei così piccolo! e sarai sempre più piccolo! Permetti che continuiamo a seguirti. Te ne preghiamo con tutto il cuore!

Temendo una risposta negativa, scoppiarono a piangere. Corse un silenzio lungo. Pipino si accarezzò il mento, dove un giorno c'era una bella barba, si premette forte forte i pugni sugli occhi e poi... con uno sforzo che gli costava chissà quanto... rispose:

— No: grazie: no. Pipino deve morire, solo, Pipino deve ancora soffrire. Andate: vi aspetta la vita, il lavoro, l'amore: vivete, lavorate, amate e... nei momenti più belli come nelle ore più tristi, ecco... ricordatevi di Pipino, il vecchio, il nano, il brutto, che vi volle tanto bene!

Ughè e Mariù tremavano come foglie al vento; caddero in ginocchio supplicando perché non volevano abbandonarlo, perché lo amavano infinitamente... Stettero così, col viso nascosto tra le palme delle mani come tutti gli altri melagranini.

Quando aprirono le mani e levarono gli occhi per sentire l'ultima risposta, Pipino non c'era più. Una fata lo aveva portato lontano in un attimo.

— Pipino! Pipino! Dove sei? Perché fuggire così? Perché? Eppure ci amavi tanto!

Quante ore piansero i melagranini nella solitudine? Ughè e Mariù si strinsero la mano e fecero questo giuramento:

— Lo cercheremo e lo ritroveremo.

Le fate, come già avevano fatto per i bambini di Paidopoli, in un batter d'occhio portarono i mille alle loro case. Tutti mille meno due: meno Ughè e Mariù. Essi non avevano casa, e perciò si posero in viaggio, dolorosi e fiduciosi, in cerca del loro adorato Pipino.

Andarono di paese in paese, di città in città, affrontarono il calore e il freddo, sopportarono privazioni indescrivibili; ma invano. Un giorno che non avevano ricevuto soccorso alcuno, stanchi e pieni di sonno, sedettero su l'orlo della via. Disse Mariù:

— Come faremo?

— Come faremo? — rispose Ughè.

— Non abbiamo quattrini.

— Zitto! — soggiunse Mariù. — Abbiamo il fiore della poesia.

— È vero: ma come faremo? Non vedi che fa buio?

— Già... Però abbiamo il fiore della poesia...

— Credi che ci aiuterà?

— Sì, sì... credo. Bisogna credere... Guarda... le stelle. E con questa parola di fede si addormentarono l'uno e l'altro, vicini, tenendosi per mano.

Nella stessa notte Pipino, anch'egli solo, con la pipa che non fumava più, si addormentava sull'orlo d'una via, da povero fanciullo. Intorno, nel silenzio, cantava un grillo...

Forse i tre dormenti, benché lontani, sognarono di rivedersi. E le stelle su di loro palpitavano come occhi di creature.

Triste, sempre più triste si faceva la vita di Pipino. Ben avrebbe potuto evitare molte durezze come il dormire sulla nuda terra, mangiare pane senza companatico; ma non voleva. Egli, non si sa come, sentiva il dovere di soffrire; la gioia, la pace, l'agiatezza gli mettevano paura. Specialmente avrebbe potuto evitare l'abbandono; la stessa pipa lo consigliava a lasciarsi ritrovare da Ughè e Mariù. Pipino, a quei nomi, raccoglieva negli occhi due lagrime grosse grosse, che gonfiavano e poi scoppiavano rigandogli le gote.

Dal giorno famoso che le fate erano risorte, egli non le aveva cercate più per proprio vantaggio; neppure aveva invocato l'uccellino bianco. Gli pareva di far male a disturbarle per conto suo: si fosse trattato di aiutare qualcuno, allora sì, come sempre, avrebbe agito con tutte le forze del suo cuore.

Era contento, in fondo, di sentirsi rimpicciolire e ringiovanire; anche lo pungeva il desiderio di riposare in pace. Da quattro anni, molte piccole avventure gli erano occorse, ma di poca importanza. Aveva lavorato per vivere. Però doveva sempre fuggire il pericolo di venir rubato come un giocattolino qualunque. Ultimamente, quando aveva non più di dieci anni, seguendo un saggio consiglio della pipa, se la passava nascosto nelle campagne. Era così poco per lui il necessario alla vita! Lo trovava da qualunque parte: acqua, pane e ova; queste le riceveva sempre dalla mamma.

Quanto era alto Pipino? Ohimè! Come la pipa. Spesse volte non reggeva alla fatica di portare con sé la propria mamma e allora lo scoraggiamento lo prendeva forte.

— Come farò d'ora innanzi? Non ho più la forza bastevole, mamma mia! Ti dovrò dunque abbandonare? Che sarà di noi?

La pipa, un giorno, non potendo sostenere che suo figlio dovesse ancor tanto soffrire, senza dir nulla, invocò l'uccellino bianco in loro aiuto. Questi apparve subito e parlò alla pipa che lo aveva chiamato.

— Senti: vuoi sacrificarti per il tuo Pipino?

— Sì, sono pronta.

— Vuoi cessare di essere una pipa e diventare...

— Che cosa?

— Una vera mamma.

— Ma sì, ma sì! O benedetto uccellino! subito, subito, subito, su... bi...

To'... il miracolo è compiuto e l'uccellino non c'è più. Presso a Pipino addormentato ecco una donna, piccola anch'essa ma non tanto; una donna che veglia e sorride con gli occhi fissi sul volto del figlio. Intorno tremano le foglie; canta un ruscello; cinguetta una nidiata di passerotti; non si ode, non si vede altro. La campagna fresca, verde, bella; una mammina ed un bambino. L'aria odora di fiori; il cielo è sereno.

Pipino ha molto sonno; dorme da cinque ore; sogna. La madre, alta tre volte lui non un centimetro di più, va e viene dal ruscello a un tronco d'albero. Quel tronco è scavato; nel cavo di esso ci sono molte cose: un letto di foglie per la notte e molte suppellettili di uso domestico. Sarà la casa di Pipino. Ma ecco, egli si sveglia e cerca ansioso la sua cara pipa.

— Mamma pipa!

— Mamma sì; pipa non più — risponde una voce.

— Oh! — esclama Pipino. — Tu! Cara! Santa!

E si abbracciano fondendo il loro amore da lungo tempo racchiuso. Poi il bimbo si alza e dice:

— Mamma, prendimi per mano, andiamo a spasso.

— Andiamo pure.

Vanno lungo il ruscello mentre il loro cuore vede cose di altri tempi, ode le voci di mille bambini.

— Ricordi, mamma, quand'eri pipa? Le ova che facevi? Ricordi la flotta di gusci preparata da te?

— E tu, Pipino bello, ricordi il primo ovo che ti presentai quel giorno che le formiche avevano scioperato?

— E Paidopoli, mamma? e i melagranini?

Così passavano i giorni di Pipino fanciullo: tra giochi e ricordi. La mamma se lo portava in braccio quand'era stanco, lo metteva in tasca quando doveva portare altri pesi. La domenica, dopo essersi recato alla chiesina in compagnia dell'Angelo Custode, egli voleva andare in barca nel ruscello in memoria del mare che aveva attraversato coi melagranini: saliva sopra una foglia un po' contorta e veleggiava così: oppure immaginava di affrontare ancora una volta il drago e combatteva con una mosca: e via di questo passo: tutto quello che prima era stato verità e forza, ora per lui era favola e gioco.

Intanto, Ughè e Mariù lo cercavano sempre senza perdersi di coraggio. Un giorno, decisero di scrivergli una lettera. L'uccellino bianco apparì non appena la lettera fu scritta e, presala col becco, volò al tronco dov'era la casa di Pipino e la posò tra le sue mani.

— Mamma, che è questo?

— Una lettera per te, figlio mio.

— Leggila, mammina.

— Ecco: ascoltami bene: dice così: «A Pipino non mai dimenticato, mandiamo il nostro cuore e gli chiediamo la suprema grazia di lasciarsi ritrovare».

— Sai chi l'ha scritta?

— Chi?

— Ughè e Mariù... ricordi?

— Sì sì sì, mamma, sì; licoldo, licoldo, li voglio livedele. Sclivelò subito una lettela lunga lunga.

Sedette su l'erba: la mamma gli portò calamaio e carta e penna. Ma Pipino non sapeva scrivere, non aveva saputo mai.

Provò la mamma. Neppure lei sapeva. Allora madre e figlio piansero, l'uno abbracciato all'altra senza trovare una via di scampo.

— Come fare?

— Ho trovato — esclamò la mamma. Ecco: quando non si sa scrivere basta prendere il foglio e baciarlo con effusione: i baci diventano parole e la cosa è fatta.

Pipino eseguì senza perdere tempo: baciò il foglio e poi la busta per fare l'indirizzo. Nello stesso momento, l'uccellino bianco prese nel becco la lettera e sparve nel cielo verso il paese dov'erano Ughè e Mariù. I quali stavano lavorando con dei fili d'erba finissimi. Ughè faceva delle piccole trecce, Mariù cuciva tra loro le trecce pazientemente tessute. Da parecchi mesi attendevano al dolce lavoro: spesso i fili si rompevano ed essi ricominciavano da capo, sempre con la massima diligenza. Preparavano... sapete? La culla per Pipino.

Appunto l'avevano terminata quando l'uccellino bianco improvvisamente giunse con la lettera di risposta, che posò sopra la culla verde. Quando lessero queste parole: «Pipino vi aspetta, venite» Ughè e Mariù caddero in ginocchio ringraziando il cielo.

Si misero in viaggio col cuore pieno di dolcezza: l'aria li portava. Tre giorni dopo entravano nel prato, videro il tronco, indovinarono che là doveva star di casa il loro caro amico. Cercarono per più ore. Dov'era Pipino?

Lo chiamarono più volte, sempre invano. Alla fine vedendo una donnetta, le si avvicinarono e chiesero:

— Sapete nulla di un fanciullo per nome Pipino?

— Eccomi, eccomi!

Pipino sbucò dalla tasca di sua madre e fu d'un salto tra le braccia di Ughè e di Mariù.

In verità dovrei dire tra le mani, tanto era piccolo. Quante carezze e quante lagrime di consolazione!

I due fanciulli si meravigliarono molto che la pipa fosse diventata una donna: pure si meravigliarono nel vedere Pipino rimpicciolito a quel modo. È vero che conoscevano la sua sorte, tuttavia la realtà li turbava un poco.

Trascorsero circa un anno in compagnia, usando al nano, che doveva presto morire, tutte le più delicate cure fraterne.

— Povero Pipino! — pensavano. — Dopo avere fatto tanto bene, ora non sei più che una cosetta appena visibile. Ma quanto ti siamo grati! Parleremo di te a tutto il mondo, narreremo la tua vita ai nostri figli e saremo sempre, come te, buoni.

Pipino non avrebbe più capito queste belle parole. Ma che importa? Il suo corpo scompariva a poco a poco, non così l'anima sua, viva e grande, presente in tutte le opere sue.

Una mattina la madre si svegliò assai per tempo, uscì dal tronco e vide nel cielo una candida nube che scendeva avvicinandosi al prato. La donnetta chiamò Ughè e Mariù che venissero a vedere. Essi corsero...

— Le fate! le fate! — gridarono. Infatti la nuvola si aprì: apparve il giardino tutto d'oro con le fate sulla soglia.

— Veniamo a prendere Pipino: la sua vita finisce oggi. Egli non morirà come gli altri morti, ma resterà eternamente con noi.

La mamma piangeva premendosi gli occhi con una cocca del grembiule.

Pipino dormiva.

Ughè e Mariù lo presero delicatamente e lo adagiarono nella culla verde. Poi, dopo averlo baciato per l'ultima volta, dissero alla madre di lui che piangeva ancora:

— Su, coraggio, prendi la culla e offrila alle fate. Una luce soave pioveva dal giardino incantato. La buona donna fece alcuni passi, levò le braccia e offrì Pipino alla vita eterna.

Nel silenzio allora si compiè l'ultimo prodigio: madre e figlio salirono in cielo, entrarono nella nube, la quale subito si richiuse, scomparendo nell'azzurro.

Ughè e Mariù restarono nel mondo con un ricordo delle fate e del nano: e quel ricordo era il fiore della poesia, che non rende felici ma sereni.

E così finirono le avventure di Pipino, nato vecchio e morto bambino.